銚子電鉄六・四キロの追跡

西村京太郎

徳間書店

目次

第一章　取材

1

月刊誌「T&R（旅と鉄道）」を発行しているR出版は、神田駅近くの雑居ビルのなかにあった。

若い編集者の井畑徹は、編集長から、最近、人気のある、銚子《ちょうし》電鉄の取材を命じられた。同行するのは、これも、若いカメラマンの岡本亜紀である。

四月三日、二人は、東京駅から、総武本線の特急「しおさい7号」に乗った。東京発一三時四〇分で、銚子駅には、一五時二九分に、到着する。

二人とも、銚子電鉄に乗るのは、今日が初めてである。

千葉県の観光案内によると、

『銚子電鉄の始発駅である銚子駅は、総武線のホームの先端を間借りしている』

と、あった。

井畑には、間借りという表現が、よく理解できなかったのだが、実際に銚子駅に着き、観光客らしい一団が、2、3番線ホーム先端に向かって歩いていくので、それについていくと、なるほど、ホームの先端のほうに、書き割りのような風車のある小さな駅舎が見えた。

亜紀が、何枚か、写真を撮る。

普通、始発駅には、駅員がいるものだが、銚子電鉄の始発駅、銚子駅には、売店はあったが、駅員の姿は、見当たらなくて、

「切符は、車内でお買い求めください」

と、ある。委託なのだ。

駅舎を通り抜けると、エンジと栗《くり》色の、ツートンカラーの車両が一両、遠慮がちに、停まっていた。

これが、鉄道マニアの間で、人気のあるデハ一〇〇〇系という、昔、東京の営団地下鉄で、使用されていた車両らしい。

今日は、ウィークデイなので、一両編成だが、観光客らしい団体が、多くて、井畑

が、カメラマンの亜紀と一緒に乗りこむと、車内は、満員だった。

乗客は、地元の人たちというよりも、ほとんどが、グループで、乗りこんできた観光客らしい。関西弁がきこえるから、関西からきたグループも混じっているのか。

一両編成の、ワンマンカーだが、今日は、臨時に、車掌が乗りこんできて、車内で、切符を売っている。

ポスターで見ると、銚子電鉄は、犬吠埼《いぬぼうさき》をぐるりと回る、全長六・四キロの短い路線である。

終点は、外川《とかわ》という駅だが、今日の観光客はほとんど、ひとつ手前の、犬吠駅で降りるらしい。

切符は、銚子駅、犬吠駅間は三百十円だった。

駅の数は、始発の銚子から終点の外川まで、全部で十駅である。いちばん駅間が、長いところでも、一・一キロしかないから、動き出したと思ったら、すぐに、停まるような、そんな感じだろう。

乗客のひとりが、車掌に向かって、

「ぬれ煎餅《せんべい》を、買いたいが、どこで買ったらいいんですか？」

と、きいている。

ほかの乗客のなかには、

「車内販売はないの？」

と、きく者もいる。

「ぬれ煎餅の車内販売は、しておりません」

若い車掌が、ニコニコ笑いながら、いう。

「直接、ぬれ煎餅を、製造販売している駅は、仲ノ町駅、笠上黒生《かさがみくろはえ》駅、犬吠駅の三駅でございます」

「私たちは、犬吠で、降りるんだから、そこで買えばいい」

誰かが、安心したようにいい、そうだ、そうだと、うなずいている。

どうやら、井畑徹と、岡本亜紀が乗り合わせた今日の団体客は、全員、犬吠駅で降りるのだろう。犬吠駅の近くに犬吠埼灯台があるが、今日の乗客は、それよりぬれ煎餅が目的らしい。

2

十七分ほどで、犬吠駅に着いた。

案の定、この駅で、乗客が、どっと、降りていく。

その光景も、岡本亜紀が、乗客に押されながら撮っていたのだが、突然、彼女が、

「あッ」

という声を出した。

「どうしたんだ？」

「カメラを盗《と》られた」

亜紀が、叫んでいる。

「馬鹿！」

と、思わず、井畑は、大声で怒鳴ってしまった。

「編集長に怒られるわ」

亜紀が、悲鳴に近い声をあげる。

「どんな奴が盗ったんだ？」

「若い男の人」

と、いいながら、亜紀が、団体客を、かきわけるようにしながら、ホームに飛び降り駅の外に飛び出していった。

井畑も、それに続いた。

駅前は、ちょっとした、広場のようになっていて、ホテルの迎えの車や、タクシーが、停まっていた。

「犯人がいるか？」

「みつからない！」

と、亜紀が、叫ぶ。

二人は、構内に引き返した。

駅の構内には、小さな、売店があって、そこで、名物のぬれ煎餅を作り、袋に詰めて売っていた。

観光客の一団は、そこで、押し合いへし合いしながら、目当ての、ぬれ煎餅を買っている。

ひとりで、何袋も買いこんでいるので、他の客が、

「あと何袋もあるの？」

と、叫んでいる。

売店のおばさんが、

「奥から、持ってきますから、慌てないでください。たくさんあるんですから、大丈夫ですよ」

と、大声を出している。

たぶん、電車に乗っていた観光客は、友人や知人から、銚子電鉄に、乗ったら、ぬれ煎餅を買ってきてくれと、頼まれているのだろう。まず、ぬれ煎餅を確保しようとしているのだ。

ぬれ煎餅の、争奪戦をやっているグループのなかにも、カメラを奪った犯人は、

「いないわ」

亜紀が、小声で、いった。

亜紀が持ってきたプロ用のカメラが盗まれてしまったので、仕方なく、井畑と亜紀は、自分の携帯を使って、犬吠駅の景色や、売店の混雑などを、撮りまくった。

ぬれ煎餅の争奪戦を終えた観光客のグループは、駅前に待っていた、中型のバスに乗って、どこかに出発していった。

井畑も、ぬれ煎餅を一袋、買った。これは、食べるのではなく、資料である。

そのうちに、二人が、予約していたホテルから、迎えの車が、やってきた。「グランドホテル磯屋」と車体に書かれた、ワンボックスカーである。

二人が乗りこむと、車は、まっすぐ海に向かって坂をおりていった。

ほんの二、三分で、予約しておいたホテルに、着いてしまった。井畑が、

（これなら車を頼むことはなく、歩いてこられたのに）

と、思ったくらいの近さである。

二人は、ホテルにチェックインした後、海の見える部屋に案内された。

井畑は、大きな、窓ガラス越しに、雄大な太平洋を見て満足したが、亜紀のほうは、東京の編集長に、電話をかけ、カメラを盗まれてしまったことを、報告していた。

「馬鹿野郎！」

案の定、編集長が、怒鳴っているのが、そばにいた、井畑の耳にも、きこえてきた。

「それで、写真は、いったい、どうなっているんだ？」

と、編集長が、きく。

「二人で、携帯を、使って撮っています。銚子に警察署があるので、カメラの件は、そちらに連絡をしておくつもりです」

と、亜紀が、いっている。

夕食の時間になっても、亜紀は、元気がなかった。

「カメラを盗られたなんて、生まれた初めて。カメラを奪って、どうするつもりかしら？」

と、食事の最中も、ずっと、亜紀は、ぼやいていた。

「あのカメラ、高いのか？」

「会社が、買ってくれたので、よくわからないけど、たぶん、三十万円ぐらいだと思うわ」

「前の取材の時に、撮った写真も、あのカメラのなかに、入っていたのか？」

「いいえ、カメラに新しいチップを入れてきたから、今日、東京駅を出発した時からの、写真だけしか、入っていないわ」

「誰が、いったい、何のために、奪ったのかな？　あのカメラ、高いと思って盗ったのかな？」

「いいえ、そうは、思えない。たしかに、プロ用のデジカメだけど、今は、誰もが、小さくてよく撮れる、デジカメを持っているから、プロ用だからと、盗ったんじゃないと思うわ」

「それじゃあ、何のために、犯人は、カメラを奪ったと、君は、思っているんだ？」

「よく、わからないけど、銚子駅から乗った銚子電鉄の車内で、満員の乗客が、面白くて、めちゃくちゃに、撮ったんだけど、犯人は、それが、気に食わなかったのかもしれないわ」

「気に食わなかったって？」

「乗客のなかに、写真を撮られたくない人が、いたんじゃないかと、思っているの。それなのに、私が写真を撮りまくったから、相手は怒って、カメラを奪っていったんじゃないかと、思うんだけど」

「カメラを奪ったのは、若い男だと、いっていたね？」

「それも、はっきり見たわけじゃないの。私の近くに三十代の若い男がいて、そいつが、カメラを盗ったんじゃないかと、そう思っているんだけど」

「君は今、写真を、撮られたくない乗客がいて、そいつが、カメラを奪ったみたいにいっているけどね、僕が車内で感じたのは、大体五十代、六十代くらいのおじさん、おばさんばかりだなってことだ。この犬吠埼の景色を楽しみにきたというよりも、ぬれ煎餅を買いにきたみたいな連中ばかりじゃないか？　犬吠駅の売店では、ぬれ煎餅の争奪戦になったんだ。そういう人間が、果たして、自分が、写真に撮られたからといって、怒って、君のカメラを奪うだろうかね？　むしろ、自分たちが写真に撮られて、喜んでいるような、連中に、僕には、思えたんだけどね」

「たしかに、そのとおりだけど、二、三人は、違う乗客もいたんじゃないかしら。それに、カメラを盗られたのは、事実よ。だから、カメラ自体が欲しかったんじゃなくて、写真を撮られたことに怒って、カメラを、盗っていってしまったんじゃないかと思うんだけど」

二人は、ホテルのフロント係に、カメラを奪われたことを話し、銚子警察署に連絡してくれるように、頼んだ。

3

翌日、早めに朝食をすませると、二人は、ホテルを出て、近くにある犬吠埼灯台を取材に出かけた。

プロ用のカメラがないので、携帯を使って、犬吠埼灯台の周辺を撮りまくった。

灯台の近くには、レストランがある。

二人は、そこでひと休みすることにした。

灯台の周辺は、海沿いに、遊歩道ができている。

今日は晴天だが、風が強いので、遊歩道に、波しぶきが、かかることがある。観光客は、そのたびに、歓声をあげている。

二人が、コーヒーを飲んでいると、突然、レストランのなかが、騒がしくなった。

何か叫びながら、従業員と、観光客が、飛び出していく。

そのひとりを、捕まえて、

「何があったんですか？」

と、井畑が、きいた。

「崖下《がけした》で、人が死んでるんですって！」

甲高い声で、女性の従業員が、叫ぶ。

「いってみよう」

井畑が、亜紀に、いった。

編集長に命じられて、東京から銚子電鉄の取材にきたのだが、途中で何か、事件があれば、しっかりと取材しておけともいわれていた。

真っ白な犬吠埼灯台の少し先は、断崖《だんがい》になっている。もちろん柵があるのだが、騒がしいのは、その断崖の方だった。

二人は、その声に誘われるように、断崖の方向に走った。

柵の一部がこわれ、その下で、騒いでいる。

二人が覗《のぞ》きこむと、断崖の下の岩場で、人々が、俯《うつぶ》せに倒れている男を、囲んでいた。

先にきていた人たちに、話をきくと、崖下に倒れている男を、発見して大騒ぎになり、派出所の警官や、ホテルの従業員たちが、ロープを使って、断崖をおりていき、倒れている男を助けようとしているのだと、教えてくれた。

井畑と亜紀は、携帯を使って、その光景を撮りまくった。

警察が到着し、男は、すでに、死亡していることがわかり、崖の上まで、遺体を、引き揚げることになった。

ロープが、何本も使われ、崖の下の遺体は、何とか引き揚げられた。

近くで見ると、三十代と思われる男で、背広姿だった。それが、血と海水で汚れている。

人垣の間から覗きこんでいた亜紀が、急に、怯《おび》えたような目になって、井畑を見た。

「彼かもしれない」

と、いう。

「君の知り合いなのか？」

「違うわよ。昨日、私のカメラを、盗っていった人に、よく似ているのよ」

「間違いないか？」

「断定はできないけど、昨日の、あの電車のなかにいて、私のカメラを、盗って逃げていった人に、よく似ているの」

亜紀が、いった。

遺体が、司法解剖のために、運ばれていった後、井畑が、亜紀に向かって、

「もう一日、ここに、泊まることにする」

宣言するように、いった。

「でも、編集長は、今日中に帰ってこいって、いっているんでしょう?」

「たしかに、そうだが、こんな事件に出会ってしまったら、簡単に、東京に帰るというわけにはいかないぞ。もしかしたら、あの死体の男は、君のカメラを奪っていった犯人かも、しれないじゃないか? もし、そうなら、絶対に理由を知りたいからね、だから、もう一日、ここに泊まるんだ」

と、井畑が、いった。

犬吠は、景色はすばらしいが、小さな町である。だから、いろいろな噂《うわさ》が、たちまち、井畑と亜紀の耳にもきこえてきた。

二人が、グランドホテル磯屋に戻って、ロビーにいると、銚子警察署から、刑事と鑑識の車が、やってくるのがわかった。

「死因に、おかしなところがあるんで、警察が調べているみたいですよ」

ホテルの従業員が、井畑に、教えてくれた。

「死因に、不審なところがあるというのは、自殺じゃないということですか？」

井畑が、きくと、

「ええ、殺人の可能性が、あるんですって」

ホテルの従業員は、やたらに、興奮していた。

銚子警察署からやってきた刑事と鑑識が、同じ犬吠埼にある「ホテル犬吠埼」に入っていったことがわかった。

死んだ男が泊まっていたホテルが、ホテル犬吠埼だったからである。

井畑は、ホテル犬吠埼にいき、フロントで、肩書付きの名刺を見せ、

「東京から取材にきたので、死んだ男の身元や、警察が、何を調べているか教えてくれませんか？」

「死んだ男の人ですが、東京の人で、名前は、本橋哲平さん、三十歳。昨日の一五時五九分着の銚子電鉄で、犬吠まできた人ですよ」

と、フロント係は、教えてくれた。

「犬吠駅着一五時五九分なら、私たちの乗ってきた電車だわ」

亜紀が、興奮した口調で、いった。

「じゃあ、君の想像が、当たっているんじゃないか？　僕たちと、あの男は、同じ電

車に乗ってきたんだ。君のいうとおり、あの男が、君のカメラを、奪ったのかもしれないぞ」

「そうだとすると、彼が泊まったこのホテルの部屋に私のカメラが、あるかもしれないわね」

亜紀が、いった。

想像しているだけでは、始まらないので、井畑たちは、ロビーに入っていった。

そこには、県警の、刑事や鑑識が集まっていた。

亜紀は、刑事のひとりを捕まえて、死んだ本橋哲平と、昨日、同じ銚子電鉄の電車に乗り合わせたこと、カメラを盗まれたことなどを、話した。

最初のうち、相手の刑事は、面倒くさそうな顔で、亜紀の話を、きいていたが、途中から、急に熱心になった。

「ちょっと、待ってください」

刑事は、真剣な口調で、いうと、奥から、渡辺という、千葉県警の警部を連れて、戻ってきた。

「こちらの渡辺警部に、私に話してくださったとおりのことを、もう一度、話してください」

若い刑事が、いった。

亜紀が話し出すと、渡辺警部も、身を乗り出すようにして、きいていたが、きき終わると、

「死んだ本橋哲平という男が、昨日の銚子電鉄の電車のなかで、あなたのカメラを奪って、逃げた。それは、間違いないのですね？」

「あの人だと、断定はできませんけど、私は、十中八、九、間違いないと、思うんです。彼がチェックインした部屋を、調べていただければ、私のカメラが、見つかるかもしれません」

亜紀が、いうと、

「ちょっと、君」

と、渡辺は、部下の刑事のひとりを呼び、

「すぐ、被害者の、部屋にいって、カメラがあるかどうか、調べてこい」

と、いった。

若い刑事は、部屋を調べると、すぐに、戻ってきて、

「カメラは、ひとつもありません」

「あなたのカメラは、見当たらないそうですよ」

渡辺が、亜紀に、いった。

「でも、私のカメラを、奪ったのは、あの男の人に、間違いないと、思うんですよ。それとも、私が、嘘《うそ》をついていると思います？」

亜紀が、いった。

「いや、そんなことは、思いませんが、ただ、本橋哲平は、誰かに殺されたんです。そうだとすれば、あなたのカメラを、あの男が、奪い、彼を殺した犯人が、さらに彼からカメラを奪ったのではないかと、考えられますが」

渡辺が、いう。

「殺されたというのは、間違いないのですか？」

井畑が、きいた。

「ええ、間違いないと、思っています」

「彼は、どんな人物ですか？」

「まだ、どういう人物で、どんなことをしていた人なのかは、わかっていません。わかっているのは、持っていた運転免許証から、東京の世田谷に住む本橋哲平、三十歳ということだけです」

「今度は、私のほうから、質問させてください」

渡辺が、二人を、見た。

「構いませんが、僕たちは、たまたま銚子電鉄の取材に、きていただけですから、ほとんど何も、知りませんよ」

と、井畑が、いった。

「いや、それでも、いいんですよ。さっきいただいた名刺には、東京の、出版社とありましたが」

「ええ、そうです。雑誌の名前は、T＆R、Tはトラベル、Rはレイルロードで、鉄道を使って旅をするのが、好きな人たちを、対象とした雑誌です」

「今回は、銚子電鉄の取材にきたということですね？」

「そうです。今、銚子電鉄が、なかなかの人気でしてね。特に、ぬれ煎餅が、話題になっているんです。そこで、僕と、カメラマンは、編集長の命令で銚子電鉄の取材にきていたんですが、犬吠駅で突然、カメラを、奪われてしまって」

「そのカメラには、何か、重大な出来事とか、人物が、写っていたんですか？」

渡辺警部が、きくと、亜紀が、笑って、

「そんなもの、何も、写っていませんわ。だって、昨日は、東京を出る時から始まって、銚子電鉄に乗ってから、犬吠で降りるまで、ほとんど一両編成の、車内の様子を、撮っていただけですから」

「銚子電鉄の車内では、主に、何を、撮っていたのですか？」

「車内の乗客の様子とか、窓の外の景色とか、鉄道マニアに、人気のある車両自体も撮っていました」

「そうなると、あなたに、写されて、困った人物が、カメラを奪っていった。常識的に考えるとすると、そういうことに、なってきますね？」

「ええ、私もそう、思います。私のカメラを奪っていった人は、今回亡くなった本橋哲平さんだと思うんです。だから、彼のことを調べていけば、自然と、犯人も浮かんでくるんじゃありませんか？」

亜紀が、いうと、

「現在、警視庁に頼んで、本橋哲平という男について、調べてもらっているところです」

と、渡辺が、答えた。

4

警視庁からの回答は、一時間後に、ファックスで、送られてきた。

それには、こうあった。

〈本橋哲平に関する報告。

本橋哲平は年齢三十歳。現在、世田谷区成城学園にある、マンション、スカイコーポ五〇八号室に住んでおり、戸籍の上では、独身です。

本橋が生まれたのは静岡県で、地元の高校を卒業した後に上京、R大学に、入学しましたが、二年で、退学しています。

その後は、東京都内の法律事務所に、就職しましたが、五年前からは、ひとりで、私立探偵を始めています。

同業者の話では、最初は信用もなく、調査を、彼のところに頼んでくる依頼主は、ほとんどいなかったようですが、三年前から、少しずつ信用がつき、現在は、毎月かなりの数の、依頼を引き受けて、順調に、業績をアップさせていたようです。

ちなみに、本橋哲平に、前科はありません。

本橋は、世田谷区成城学園の、マンションに住んでいますが、その2LDKのマンションは、自宅兼事務所に、なっています。

従業員は二十代の女性がひとりおり、彼女が、電話の受付などの、仕事をしていたようです。

その女性の話では、本橋哲平は、仕事で、千葉にいったものと、思われますが、仕事の内容については、わかりません。

これも、その女性の話ですが、本橋は、金になる、うまい話が舞いこんできたと、嬉《うれ》しそうに、いっていたそうです。

以上です〉

渡辺警部は、ファックスを、井畑や亜紀には、見せず、ただ、本橋哲平が、東京で、私立探偵をやっていることだけを、話した。

「そうすると、仕事で、ここに、きていたんでしょうか?」

井畑が、きいた。

「それは、まだ、わかりません」

「もうひとつ、本橋が泊まっていたホテルの部屋ですが、どんなものが、見つかったのか、それを、教えてもらえませんか？」

「いや、まだ、こちらも、調べている最中です。今日の夕方五時から、記者会見をおこないます。その時に、詳しく、お話ししますから、いろいろなことがわかってくると、思いますがね」

渡辺は、二人に、向かって、いった。

5

その日の午後五時に、千葉県警による、記者会見がおこなわれ、井畑と亜紀も、同席を許された。

県警本部長が、記者会見で、事件について説明した。

「今回の事件は、今朝早く、犬吠埼灯台近くの崖下で、男性の遺体が、発見されたことから、始まっています。他殺の可能性が、高いので、千葉県警が、捜査を担当することに、なりました。被害者の名前は、本橋哲平、三十歳です。持っていた運転免許証から、東京世田谷のマンションで、五年前から、私立探偵をやっていた人物であることが、わかりました。世田谷のマンションは、自宅兼事務所で、昨日の一五時五九分、犬吠駅に着いた銚子電鉄の電車に乗っていたことも、わかりました。その後、犬吠にある、ホテル犬吠埼に、チェックインしています。ホテルの従業員の話では、午後七時に夕食を取った後、散歩してくるといって、外出したまま、今朝になっても帰ってこないので、心配していたところ、犬吠埼灯台近くの崖下で、遺体となって、発見されたわけです。本橋哲平が、何のために、銚子電鉄の電車に乗って、犬吠駅に、きたのかは、まだわかっていません。仕事で、きたのかも、しれませんし、単なる観光で、きていたのかもしれません。これから、捜査を進めていく過程でわかってくるものと、確信しています。次は、被害者、本橋哲平の所持品です。ホテル犬吠埼の彼の部屋と、背広などを、調べた結果、次のものが所持品として、見つかっています。一、運転免許証。二、キーホルダーについていた鍵《かぎ》。これは、自宅マンションの鍵と、車の鍵と思われます。三、財布のなかに現金十六万五千円。キャッシュカード、これは、M銀行のカードで、こちらで、問い合わせたところ、被害者の、預金高は、四百二十六万円とわかりました。他に、携帯電話、デジタルカメラ、千葉県内の、旅行地図、国産のクォーツの腕時計、これは、五万円前後の時計だと、思われます。名刺入れに入った自分の名刺二十五枚、ボイスレコーダー。この、ボイスレコーダーには、何も、録音されていません。デジタルカメラですが、これにも、撮った写真のデータが、入っていた形跡はありません。携帯電話には、十人の名前と、電話番号などが、登録されていましたが、この十人が、どういう人物なのかは、現在、調査中です。以上です」

6

「私は、この本橋哲平という男が、カメラを、強奪した犯人だと、確信しているわ」

「僕も、八十パーセントくらいは、君の意見に賛成だよ。もし、この男が、君のカメラを強奪したとする。彼は、携帯電話と、デジタルカメラを持っていたんだ。写真を撮るカメラを、持ってきていた。そうなると、君のカメラが、欲しくて盗んだということは、まず、考えられないね」

「その点は、同感」

「とすると、都合の悪いことを、君に写されてしまったので、慌てて、カメラを奪って逃げた。そういうことに、なってくるのかな？」

「本橋が、偶然、私に写されたから、カメラを奪ったということじゃないと、私は、思うの」

「ということは、どういうことなんだ?」

「私の勝手な、想像なんだけど、あの電車には、ほかに、自分が写されては、困る人物が乗っていた。その人物を、たまたま、私が写してしまった。その人物は、私立探偵の本橋に頼んで、カメラを奪わせたんじゃないかしら? 間違っているかしら?」

「いや、君の推理は、たぶん、当たっていると思うね」

7

千葉県警の、渡辺警部が、井畑と岡本亜紀の二人を、グランドホテル磯屋のロビーに誘った。

窓から、太平洋と、犬吠埼灯台が、見える。

「まだ、容疑者も浮かんでいませんし、犯人が、なぜ、本橋哲平を殺したのか? 動機も、はっきりしていませんがね」

渡辺が、いった。

「今回の犯人の動機は、あなたが、銚子電鉄の車内でカメラを、奪われたことに、関係があると思っているんですよ。その点、お二人は、どう、思われますか？」

「私には、わかりませんけど」

　亜紀が、正直に、いった。

「だって、そうでしょう？　たしかに、いいカメラですけど、三十万円も出せば買えるカメラなんですよ。そんなカメラを争って、殺人事件が、起こるなんて、私には、考えられませんね」

「カメラではなくて、その中身ですよ」

と、渡辺が、いった。

「中身ですか？」

「あなたが撮った写真ですよ。それに、犯人が写っていたんじゃないかと、私は思っています」

　渡辺が、いうと、井畑は、笑って、

「同じことを、昨日、二人で、話し合ったんですよ。カメラそのものが、欲しくて奪ったのではなくて、自分が、写真に撮られてしまったので、後ろ暗いことがある犯人は、困って奪ったのではないか？　そんなことを、二人で、話し合いました。ただ、今朝になって、カメラを奪ったらしい男が、殺されて、発見されました。こうなってくると、僕たちの考えは、違っていたかもしれません」

「再度確認しますが、昨日、カメラを使って、どんな写真を、撮ったんですか？」

渡辺が、亜紀に、きいた。

「私たちは編集長の命令で、昨日、銚子電鉄の取材に、東京からやってきたんですよ。ウィークディなのに、人気があるとみえて、一両編成の車内は、満員でした。まず乗客の姿を、何枚か、写真に撮りました。電車が、犬吠駅に着いた時に、突然、カメラを奪われたんです。ですから、あのカメラには、昨日の、銚子電鉄の電車と、車内の混雑、乗客しか、写っていません」

亜紀が、いった。

「今朝、遺体で、発見された男、本橋哲平も、車内で、撮りましたか？」

「撮ったと、思いますけど、あの人を、特別に、ひとりだけで撮ったのではなく、始発の銚子駅から、犬吠駅までの間、私が勝手に、乗客を、撮ったり、車内で切符を売っている車掌さんを、撮ったり、窓の外の景色を、撮ったりしていたんですよ」

「もし、あなたの撮った写真のなかに、被害者が、写っていたとしても、単なる偶然ということですか？」

「ええ、車内で特別に、被写体を決めてから撮った記憶は、ありませんから、まったくの偶然です」

「殺された本橋哲平という人は、東京で私立探偵をやっていたわけでしょう？　誰かの、尾行を頼まれて、東京から銚子にやってきた。尾行している相手が、銚子電鉄に、乗ったので、彼も乗ってきた。そういう状況で、岡本亜紀のカメラに写ってしまった。そういうことも考えられますね」

井畑が、いうと、亜紀が、

「でも、私のカメラに、写ったって、別に、困ることはなかったと、思うし、そのために殺されるなんて、考えられないわ」

と、いうと、渡辺が、

「そうすると、問題は、私立探偵の本橋哲平ではなくて、彼が、尾行していた、誰かということになってくるかもしれませんね」

「でも、私のカメラを、奪ったのは、本橋さん本人なのよ。それなのに、なぜ、本橋さんは、殺されてしまったのか？　私には、わからない」

と、亜紀が、いった。

「奪われたカメラは、昔のフィルム式のカメラではなくて、新しい、デジタルカメラなんですね？」

確認するように、渡辺が、きく。

「ええ」

「だから、チップを入れておけば、何枚でも、撮れるわけでしょう？」

「ええ、百五十枚、撮れます」

「お二人は、昨日、銚子電鉄の取材のために、東京からやってきた。その前の仕事の写真も、カメラのなかに、保存されていたんじゃありませんか？　そうだとしたら、前の時の写真の問題で、カメラを、奪われたのかもしれませんね？」

「それはないと、思いますよ」

「どうしてですか？」

「あのカメラは、今度の仕事で使うために、会社から、渡されたカメラなんです。その前の仕事の時には、使っていないんです」

「奪われたカメラには、今回の仕事の写真しか、写っていないということですか？」

「ええ」

「もう一度、確認させてください。昨日の朝、お二人は、東京から、銚子電鉄の取材にやってきた。カメラマンのあなたが、昨日、最初に撮った写真は、どんな、写真ですか？」

「最初の一枚は『しおさい7号』に乗って、東京駅を、出発するところを撮りました。それが一枚目でした。次は、終点の銚子駅に一五時二九分に到着したら、ホームの先のほうに、オモチャの水車のような格好をした、銚子電鉄の駅があったので、それを撮りました。ホームに停まっている、エンジと栗色の、ツートンカラーの車両を撮影して、これが三枚目かしら。もう一枚撮ったから、三枚目、四枚目ですね。それから、車内に入って、車内の写真を四、五枚撮りました。クーラーがなくて、天井に扇風機がついているのが、面白かったので、二、三枚、床が木だったので、その写真も、何枚か撮りました。車内を撮っている間に、電車が、動き出しました。その後は、乗客の写真を、何枚も撮り、車内で切符を売っている車掌さんの写真も、撮ったし、駅に着くたびに、駅舎の写真を、撮り続けました。犬吠駅に、着いたら、乗客が先を争って、どっと降りていくその様子を、何枚も、撮りました。その直後に、カメラを、奪われてしまったんです」

「車内で、お二人が、知っている顔に出会いましたか？」

と、渡辺が、きいた。

「いえ、誰にも、会っていません」

亜紀が、答え、

「僕も、知り合いには、誰にも、会いませんでしたね」

と、井畑が、続けた。それに対して、渡辺が、

「動機は、不明だとしても、あなたのカメラを奪ったのは、犬吠駅まで、銚子電鉄に、乗っていた乗客だということは、はっきりしています。もう一度、おききしますが、あなたのカメラを盗ったのは、本橋哲平という男に間違いありませんか?」

念を押す。井畑と亜紀は、顔を見合わせた。

「十中八、九、間違いないと、思いますけど、断定していいかは、まだ、わからないんですよ」

と、亜紀が、いった。

渡辺警部が、帰っていった後で、亜紀は、

「あの警部さんと、話しているうちに思い出したんだけど、私ね、銚子電鉄の車内で、知っている顔に、ぶつかったの」

と、井畑に、いった。

「君の友だちか?」

「いいえ、そんなんじゃないの。いってみれば、私の、憧れの人」

「憧れの人?」

「カメラマンの神さま」

「君に、そんな人がいたのか？」

「いたわよ。でも、今までに、会って話をしたこともないの。その人が、銚子電鉄の車内に、いたような気がしているの」

と、亜紀が、いった。

8

「どういうカメラマンなんだ？」

井畑が、きいた。

「名前は、千頭明さん。せんどうは、千の頭、あきらは、明治の明って、書くんだけど、新人カメラマンの私から見たら、神さまみたいな人なのよ。私がカメラマンになりたいと思ったのは、高校時代に、千頭明さんの写真を見たから」

と、亜紀が、いった。

「千頭明か。僕は、きいたことがないね」

「そうでしょうね。普通の人に、いっても、千頭明という名前は、知らないと思うわ。

でも、私のような、カメラマンの間では、神さまなの」

と、また、亜紀が、いった。

「その人は、どういう人なんだ？　若い人なのか？」

「若くはないわ。たぶん、年齢は六十歳前後だと思う」

「どういう、写真を撮っている人なんだ？　ファッション写真？　それとも、どこかで、戦争があると、乗りこんでいって、戦場の写真を、撮ってくる。そんな人？」

「どちらでも、ないわ。千頭さんは、スナップの名人とか、スケッチの神さまとか、そんなふうに、呼ばれているの。何気ない写真なのに、それが、素晴らしいわけ。何でも、小さなカメラを持って、何気ない格好をして、街角の写真なんかを、素早く撮って、その何気ない景色が、千頭さんの手にかかると、芸術になってしまうの。そういうカメラマン」

と、亜紀が、いった。

「その千頭明を、昨日の、銚子電鉄の車内で、見たというのか？」

「それも、はっきりしないんだけど、ひょっとすると、あの人が、千頭明じゃなかったか？　そんな、気がしているのよ。ジーンズにジャンパーを着て、ヨレヨレの帽子を、かぶっていたわ。あれが、千頭明さんだったかどうかは、わからない。でも、今から、考えてみると、ああいう目立たない格好で、車内の、写真を、スケッチ風に撮っていたんじゃないか？ そんな気がしてきたの」

亜紀が、いった。

「もし、それが、君のいう有名なカメラマンだったとしても、今度の事件とは、何の関係も、ないんだろう？ その千頭明さんという人が、君のカメラを、強奪したわけじゃないし、まさか、千頭明さんが、あの断崖の上から、本橋哲平という、東京の私立探偵を突き落としたわけでもないだろう？ 千頭明さんを、見かけたことに、君は感動しているみたいだけど、彼と事件とは、何の、関係もないよ」

井畑が、少し怒ったような口調で、いった。

「そんなことは、わかっているわ」

亜紀も、同じように、怒ったような口調で、いった。

「それなら、千頭明もなにもない」

井畑が、いった。

「たしかに、事件とは、関係ないかもしれないけど」

と、亜紀は、何か、考えているようだったが、

「こんなことを、考えたの。あれは、千頭明さん本人で、銚子電鉄の電車のなかで、

誰にも、わからないように、巧みに車内の、スケッチを、カメラで、やっていたとするわ。そうなると、千頭明さんの撮った写真のなかに、私も、あなたも、殺された本橋哲平さんも、それから、本橋さんが尾行していた相手、男性か女性かも、まだわからないけど、そんな人も、写っているんじゃないかと思うの？」

途端に、井畑が、

「それだ！」

と、大声を出した。

「おどかさないでよ」

と、亜紀が、笑うと、井畑は、

「もし、君のいうとおり、あの電車に、君の憧れている、スケッチの神さま、スナップの名人が乗っていたとして、彼の撮った写真のなかに、殺人事件を解決するヒントが、写っていたら、これは、絶対に、特ダネだよ。何しろ、今人気の銚子電鉄も写っているし、その上、殺人事件解決の、手がかりになる写真があれば、これ以上の、特ダネはないじゃないか？　これから、千頭明というカメラマンが、乗っていたかどうかを、調べて、もし、乗っていて、車内の写真を、撮っていたら、何とかして、その写真を、売ってもらおうじゃないか？　何回もいうが、これは特ダネだよ」

9

　亜紀の話では、千頭明は、四谷三丁目にスタジオを、持っているという。

　ただし、番地も、電話番号もわからない。

　井畑は、すぐ、東京に帰ることにした。千葉県警の、渡辺警部には、電話で東京に帰ることを告げた。

　二人は、ホテルを、チェックアウトし、銚子電鉄で、銚子までいき、そこから、東京行の特急に、乗った。

　二人は、神田の会社に戻り、編集長に話をした。

　案の定、カメラを、奪われた話になると、大声で、怒鳴りつけられたが、次に、井畑が、千頭明の話をすると、編集長は、現金にニッコリして、

「君のいうとおりだよ。その、千頭明というカメラマンを、すぐ、捕まえるんだ。銚子電鉄の車内の写真を、撮っていたら、何とかして、その写真を、もらってくるんだ」

　亜紀はすぐ、職業別の、電話帳を持ってくると、千頭明のスタジオの電話番号を調

べてかけてみた。

電話は繋《つな》がったが、電話に出たスタジオの、スタッフは、千頭明は、撮影に出かけていて、まだ帰ってきていないと、いう。

「先生は、いつ、お帰りになるんですか？」

「たぶん、二日後ぐらいだと、思います。先生は、写真を、撮りに出かけていくと、すぐに、帰ってきたりすることもありますが、逆に、何日も、帰ってこないこともあるんですよ。今回は、明後日ぐらいには、帰ってくると、思っていますが、本当のところは、わかりません」

と、スタッフは、いった。

翌日、亜紀は、自宅から、千頭明の写真集を二冊持ってきて、井畑に見せた。

一冊目の写真集には『街角のスケッチ』とあり、もう一冊は『人生を撮る』というタイトルに、なっていた。

どちらも、何気ない町の光景を、写したスケッチ集である。

しかし、一枚一枚が、見る人に、語りかけ、訴えてくるのである。見ているうちに、つい、微笑《ほほえ》んでしまうスケッチもあるし、深刻に、考えこんでしまうスケッチもある。どれもが、素晴らしい写真だった。

たしかに、亜紀のいうとおり、千頭明というカメラマンは、単なるカメラマンではなくて、芸術家といっても、いいかもしれない。

しかし、そう、考えると、井畑は、逆に不安に、なってきた。

「こういう、芸術家肌の人間は、気難しい人間が、多くて、自分の撮った写真は、一枚だって、誰にも貸そうとしないし、手放さないんじゃないか。そんな気がして、仕方がないんだ」

と、井畑が、いった。

（だが、もし、千頭明の撮った写真のなかに、銚子電鉄車内の写真が、何枚もあったら、何としてでも、それを手に入れなければならない）

とも、井畑は、思って、いた。

第二章　推理比べ

1

カメラマンの千頭明が、取材に出かけてしまっているので、この線は、後に回すことにして、月刊誌「T&R（旅と鉄道）」では、来月号の目玉企画として、旅と犯罪の特集を、組むことに決めた。

これは、編集長の考えで、自分のところの若い編集者、井畑徹と、若いカメラマン、岡本亜紀の二人が、たまたま、千葉県の銚子に、今、人気の銚子電鉄の取材に、出かけていって、犯罪に、巻きこまれたからである。

次号の編集会議で、編集長は、井畑と亜紀を前に置いて、ハッパを、かけた。

「君たち二人は、銚子電鉄の取材にいっていて、思いもよらぬ事件に、巻きこまれた。

これこそ、まさに、千載一遇《せんざいいちぐう》のチャンスというものだ。岡本君は、大事な商売用のカメラを奪われたといって、嘆いているみたいだが、事件に遭遇したことに、比べれば、事件にカメラを盗られたことなんて、軽い軽い。カメラなんて、また、新しく買えばいいんだからな」

そういって、編集長は、真新しいカメラを、岡本亜紀に、渡した。

「これは、カメラを奪われてしまって、岡本君は、仕事ができなくて、困っているだろう。そういって、社長が、特別に、買ってくださったものだ。今日からは、これを使いなさい。その代わり、井畑君と、岡本君の二人には、四月三日から四日にかけて、銚子の犬吠埼で、殺人事件に巻きこまれたことを特集記事に書いてもらいたい。次号は、その記事を、柱に持っていくつもりだ」

「しかし、何を書いたらいいんですか？　犬吠埼の、殺人事件のことは、もう、新聞に詳しく載っていますよ」

井畑が、気の弱いことを、いった。

「新聞記事なんていうのは、どこの新聞も、警察の発表をまとめて、そのまま、載せているだけじゃないか。君たち二人は、実際に現場で、殺人事件に、遭遇しているんだ。それが、新聞記者の書く記事と、同じでは、困るんだよ。次号の編集は、十五日の、締め切りだ。それまでに、あと、十日しかない。いや、十日もあるんだ。その間に、君たち二人が、殺人事件に、遭遇して何を感じたのか？　容疑者は、どこの誰なのか？　殺人の動機は、どこにあるのか？　自由に発想して、好きなように書いてくれればいいんだ」

「しかし、警察も、連日、捜査を、続けているわけでしょう？　警察発表と違うことを、雑誌に載せては、ちょっと、まずいんじゃありませんか？」

亜紀が、きいた。

「確かに、今回の殺人事件については、千葉県警が、捜査中だ。被害者が東京の人間だから、おそらく、警視庁とも、連携して捜査を進めていくだろう。しかしだね、警察というのは、デタラメなことは、できないんだ。証拠によって動くということは、証拠がない場合には、動きたくても、動きようがないんだ。それに、警察というところは、毎日、捜査の経過を、発表したりはしない。その点、ウチのような雑誌は、極端なことをいえば、憶測だろうが、何を、書いたっていいんだよ。君たちは、自由に、想像をたくましくして、自分の考えたことを記事にできるんだよ。警察と違って、その結果に、責任を持たなくていいんだからな。面白い記事を書いて、それを、載せれば、読者が、興味を持ち、雑誌が売れる。それに今回は、君たち二人は、現実に、殺人事件に遭遇し、その上、カメラまで、奪われている。要するに、殺人事件に、巻きこまれているんだ。したがって、君たちの書くことには、現場にいた人間にしか表現できない、リアリティがある。そこに、大いに、期待しているんだ」

「僕たちが記事を書いても次号ができあがるまでに、今回の事件が、解決してしまったら、どうするんですか？」

井畑が、いった。

「どうして、君は、そんなに、弱気なんだ？　もし、途中で、事件が解決してしまったら、事件の裏話を、記事にすればいいだけの話じゃないか。それに、私は、今回の事件は、今から、十日間で解決するとは、思っていない。絶対に解決しないよ」

「どうして、編集長は、事件が、解決しないと思うんですか？」

今度は、亜紀が、きいた。

「編集長としての私の勘のようなものだよ。事件の解決には、まだ、しばらくかかるよ。だから、今日中に、君たち二人は各々《おのおの》、今回遭遇した、犬吠埼の殺人事件の記事を書け。想像力を、働かせて、いったい、どんな犯人なのか？　被害者は、なぜ殺されたのか？　それを、記事にまとめるんだ。もし、面白ければ、社長にいって、金一封を出すよ」

「金一封って、本当に、出るんですか？」

亜紀が、きく。

「もちろん出るさ。社長が出さなければ、私が、ポケットマネーで、君たちに出すよ」

そういった後で、編集長は、プリントした一枚の紙を、井畑と亜紀の二人に、渡した。

「現在、今回の殺人事件は、千葉県警が捜査をしているが、現地で、警察に協力したというので、千葉県警も、こちらにいろいろと便宜を、はかってくれているんだ。今までにわかっていることが、プリントされて、千葉県警から送られてきている。それは、ここに書いてあるから、君たちは、これも、参考にするといい。しかし、何度でもいうが、新聞記事のように、ただ単に、警察の発表を、そのまま、記事にしただけじゃ駄目だぞ。とにかく、読者の興味を、引くような、面白い記事が、ほしいんだ。それから、その後、わかったことが、ひとつある。それは、殺された私立探偵の本橋哲平、三十歳は、今までの発表では、私立探偵の仕事が、三年ほど前からうまくいっていて、四百二十六万円の預金があったと、発表されているが、本橋は、消費者金融から、六百万円という大金を借りているんだ。そのことも頭に入れて、記事を書け」

と、編集長が、いった。

「本橋哲平ですが、どうして、四百二十六万円も、預金があるのに、消費者金融から、六百万円も借りたんですか？」

井畑が、きいた。

「私にもわからんさ。警察だって、首をかしげているくらいだ。だから、その点も、自分で頭を働かせて、本橋哲平が、なぜ、そんな、不可解なことをしたのかを考えて、面白い記事を書くんだ。いいか、頼んだぞ」

編集長は、最後まで、二人にハッパをかけた。

2

編集者の井畑徹と、カメラマンの岡本亜紀の二人は、編集長にハッパをかけられながら、各々一時間以上かけて、第一回の原稿を書いた。

月刊誌「T＆R（旅と鉄道）」を出しているR出版には、小さいながらも、一応、応接室がある。

編集長は、記事を書きあげた井畑徹と岡本亜紀の二人を、その応接室に呼び、自ら三人分のコーヒーを淹《い》れた。

しかし、井畑が、カップに手を伸ばすと、

「まだ飲んじゃ駄目だ」

と、編集長が、いう。

「これから、君たち二人の原稿を読む。もし、気に入ったら、コーヒーを、飲んでもいい。つまらない記事だったら、コーヒーは飲ませない」

編集長は、まず、井畑徹の書いた記事に、目を、通すことにした。

千葉県警が、警視庁の応援を得て、殺された本橋哲平、三十歳は、世田谷区成城学園にあるスカイコーポというマンションの、五〇八号室、２ＬＤＫを借りて、事務所兼住居として私立探偵をやっていたことが、わかっている。さらに、二十代の独身の女性事務員を、ひとり使っていた。

その本橋は、千葉県銚子の犬吠埼に、これから金になる仕事があると、その女性事務員にいっていた。

犬吠埼で殺された時の本橋哲平の所持品だが、これも千葉県警が発表している。それによると、

一、運転免許証

二、キーホルダー（マンションの鍵《かぎ》と車の鍵と思われる）
三、財布（十六万五千円の現金が入っていた）
四、名刺入れ（自分の私立探偵の名刺が二十五枚入っていた）
五、携帯電話
六、国産の腕時計
七、小型のデジタルカメラ
八、ボイスレコーダー
九、Ｍ銀行のキャッシュカード
十、千葉県内の旅行地図

これだけの、知識をもとにして、井畑徹が、書いた原稿は、次のようなものだった。

〈被害者、本橋哲平の探偵事務所で働いている女性事務員の話によれば、金になる仕事を引き受けたといって、本橋は喜んでいたというから、今回、千葉県銚子の、犬吠埼に出かけたのは、その、金になる仕事のためだろうと思われる。

本橋の所持品を調べてみると、携帯電話、デジタルカメラ、ボイスレコーダーが、あったというが、この三つは、私立探偵の商売道具だろう。

本橋が、それを持って、出かけたということは、今回の仕事が、今までの私立探偵の仕事と似通ったものだったに、違いない。逆にいえば、だからこそ、依頼主は、私立探偵の本橋哲平に、金になるという仕事を頼んだに違いない。

それは、犬吠埼周辺で、誰かのことを、調べてくるような仕事だったと思われる。デジタルカメラで、写真を撮り、ボイスレコーダーで、相手の話を、録音してくる。そうした仕事だったと、思われるが、四月三日の夜から、翌日四日の朝にかけて、本橋哲平は、問題の相手と、犬吠埼灯台の近くで、会っていたのだろう。

それが、どうこじれたのかわからないが、相手は、本橋哲平を殺して、逃げ去ってしまった。

私と、カメラマンの岡本亜紀の二人は、銚子電鉄の取材のために、四月三日、銚子電鉄に乗って、犬吠埼に向かっていた。

犬吠駅に着いた時、突然、カメラマンの岡本亜紀のカメラが、奪われてしまった。奪ったのは、十中八、九、本橋哲平だと思われる。

どうして、本橋哲平は、岡本亜紀のカメラを奪って、逃走したのか？

彼は、小さいデジタルカメラを、持っていたから、こちらの、カメラが欲しくて奪ったとは思えない。

とすると、たまたま、岡本亜紀が、銚子電鉄の車内の様子を、撮っていて、その撮った写真のなかに、本橋哲平が、写ってしまったのではないだろうか？

自分が銚子にきていることを知られたくなかった本橋は、強引に、岡本亜紀のカメラを奪い取って、逃走したものと、思われる。

本橋哲平を殺した犯人は、本橋の所持品、携帯電話、ボイスレコーダー、それに、現金十六万五千円は、奪わずに、たまたま本橋が持っていた、岡本亜紀の、カメラを奪い取っていった。

犯人も、そのカメラで、自分の姿が写されていると考えて、証拠隠滅のために、持ち去ったと考えるのが妥当なところだろう〉

編集長が、読み終わるのを、待ってから、井畑は、目の前にあるコーヒーに、手を出そうとした。

「まだ飲んじゃ駄目だ」

と、編集長が、怒鳴った。

「今、君の原稿を読んだ。面白くない。警察発表のままの原稿はいらないと、何度も、いったじゃないか。これを読むと、警察発表を、少しだけ膨らませただけの平凡な、記事になっている。これでは、君に、私が淹れたコーヒーを、飲ませるわけにはいかん」

編集長は、今度は、岡本亜紀の書いた原稿を手に取った。

〈私は、編集者の井畑と二人で、四月三日、銚子電鉄の取材に出かけて、犬吠埼で殺人事件に巻きこまれた。

私のカメラも、被害者、本橋哲平と思われる男に、強奪された時点から、記事を、書かざるを得ない。

最初に考えたのは、私がカメラで、銚子電鉄の、車内の様子を撮影していた時、たまたま、本橋哲平が、私のカメラに写ってしまい、まずいことになったと、思った本橋が、カメラを奪って、逃走したのではないかということだった。

しかし、そうは、思えなくなってきた。

というのは、私は、カメラを持って、銚子電鉄の取材にいったので、電車に乗る前から、関連する駅舎とか、あるいは、銚子電鉄のホームや乗客たちを、撮り続けているのである。

もし、本橋哲平が、カメラに写るのを嫌っていたのなら、最初から、私のカメラを避け、自分が写らないように用心深く、行動していたに、違いないからである。したがって、たまたま偶然に、私のカメラに写ってしまったので、カメラを、奪ったというのは、間違っているような気がして、仕方がない。

だとすると、本橋は、なぜ、私のカメラを、奪って逃げたのか、そのことから考えてみた。

私は、編集者の井畑と、取材にいったので、銚子電鉄に関係のある場所や人物などに、とにかく、カメラを向けて、シャッターを、切った。

一、しおさい7号。これは、東京発で銚子までいく特急列車である。

二、銚子駅。銚子電鉄のホームと、小さな駅舎があり、乗客が群がっていた。

三、銚子電鉄の車内の風景。

四、銚子電鉄の乗客たち。

私は、こうした場所、あるいは、人物に、とにかくカメラを向けては、シャッターを、切っていた。

こうして、撮った写真が、たまたま、本橋哲平がこの日マークしていたものと、同じだったのではないか。それで本橋は、私のカメラを、強奪して逃げたのだろうと、今、私は、考えている。

問題は、四月三日、本橋哲平が、何の仕事で、千葉県銚子の、犬吠埼にいったのかということである。

彼の探偵事務所で働いている女性事務員が、最近、金になる仕事を、依頼されたので、本橋哲平が、喜んでいたと証言しているから、この金になる仕事をしに、千葉県銚子の犬吠埼に、いったことはまず間違いないだろう。

しかし、誰に会うために、どんな仕事のために、四月三日、銚子に、出かけたのだろうか？

これは、想像を、たくましくする以外にはないのだが、ここにきて、本橋についてわかったことが、気になった。

四百二十六万円の預金が、銀行にあるにも、かかわらず、六百万円という大金を、消費者金融から借りたという情報である。

その六百万円と、本橋の預金四百二十六万円を足すと、一千万円になる。

このことと、金になる仕事が、きたといって、喜んでいたことが、どう関係してくるのか？

これも、私の勝手な想像なのだが、四月三日に、本橋哲平が、犬吠埼にいった目的は、誰かに会うためとは違うのではないのか？

彼は、消費者金融から、わざわざ、六百万円も借りた。何かに、必要だから借りたに違いない。

銀行には、四百二十六万円の預金があるのだから、普通であれば、追加の、六百万円も銀行から、借りればいいのである。

四百万円を超える預金が、あれば、追加の六百万円を、銀行は、貸してくれるのではないか？　もちろん、簡単には、貸さないだろう。

それで、急いでいた本橋哲平は、消費者金融から、六百万円を借りたのではないか。緊急に必要だったから、消費者金融を、使ったのである。

だとすると、合計で、一千万円、その金を使って、本橋哲平は、千葉県銚子、あるいは、犬吠埼で、何かをしようとしていたのでは、ないだろうか？

例えば、一千万円を投資して、犬吠埼で事業をしようとしていた。ところが、何かで、トラブルになり、向こうの関係者が、本橋哲平を殺したのではないのか？

あるいは、一千万円の用意が、できたので、犬吠埼に、相手方の責任者に、会いに出かけた。ところが、相手方と話しているうちに、喧嘩《けんか》になった。

本橋哲平は、資金提供を、約束していた一千万円を出すことを断った。腹を立てた相手が、本橋哲平を、殺してしまったのではないか？　これが私の結論である〉

亜紀の原稿を読み終わった、編集長は、あまり、嬉《うれ》しそうではなかった。

「君たちの原稿に、採点を下す。井畑徹君、君の原稿は、五十点だ。岡本亜紀君、君の原稿は、井畑君のものよりは、少しはマシだから、六十五点だ。どちらも、合格点には達していない。だが、コーヒーは、もう、冷めてしまったから、飲んでもいいぞ」

編集長が、いった。

二人が、やっと、コーヒーカップに、手を伸ばした。

井畑は、冷えてしまったコーヒーを、ひと口飲んでから、

「どうして、僕の原稿が、五十点で、岡本君の原稿が、六十五点なんですか？」

編集長に、文句をいった。

「君の原稿は、警察発表に、毛が生えたくらいのものだ。だから、まったく、面白くない。それに比べて、岡本君の原稿は、少なくとも、想像力を働かせて、被害者、本橋哲平の行動について、新しい見方を示している。その違いが、十五点だよ。岡本君の想像力も、それほど、秀逸だとは思えないがね」

と、編集長は、二人に対して、辛口の批評をした。

「いずれにしても、このままじゃ次号には、載せられない。二人とも、書き直しだ。もっと、面白く、読者の関心を引くことを書け。多少、憶測でもいいぞ」

3

千葉県警の渡辺警部は、若い刑事をひとり連れて、世田谷区成城学園にある、本橋哲平のマンション、スカイコーポの五〇八号室にきていた。渡辺警部が、この部屋にくるのは、これで、二度目である。

部屋には、警視庁捜査一課の刑事が二人、姿を見せていた。

亀井という中年の刑事と、西本という若い刑事である。

本橋哲平は、四百二十六万円の預金が、銀行にあるにもかかわらず、消費者金融から、六百万円という大金を借りていた。これは、警視庁が調べてくれたことだった。

「なぜ、本橋は、六百万円もの大金を、消費者金融から、借りたんでしょうか?」

渡辺警部は、まだ、首をかしげていた。

それに対して、亀井刑事が、

「問題の消費者金融にいって、向こうの、担当者に、話をきいてきました」

と、いった。

「その消費者金融は、東京都内に、数十店の支店を持っている大手の消費者金融ですが、名前はマイホームです。そこの担当者にきくと、六百万円から、前もって、利息分を引こうとすると、本橋は、それを拒否したと、いっていますけどね、本橋哲平のほうは、どうしても、一千万円というまとまった金が、必要だから、今は、利息の前払いは、僅《わず》かでも拒否する。その代わり、こちらの仕事がうまくいったら、利息を二倍にしてもいい。だから、利息の前払いは少し待ってくれといったそうなんですよ。それで、マイホーム側は、利息の前払いをとるのはやめたといっていました」

「利息の前払いは、融資の条件のなかに入っていたんですか？」

「入っていたそうです。つまり、それだけ、本橋は、急に、六百万円が必要だったということでしょう」

「しかし、今日もこうやって、本橋哲平の部屋を一生懸命捜しているのですが、問題の消費者金融から借りた、六百万円の現金が、どこにも、見当たらないのですよ」

と、渡辺が、いった。

「そうですね。その点は、私も、おかしいと、思っているんです。あ、それから、銀行にきいたら、本橋哲平は、四百二十六万円の預金を担保に、四百万円を借りている。

そういっているのです」

「それでは、合計して、きっちり、一千万円ですか？」

「そうです。一千万円です」

「その現金を持って、本橋哲平は、本当に、四月三日、千葉県銚子に、いったんでしょうか？　殺された後、彼が泊まっていたホテルで、所持品を調べたのですが、一千万円の現金は、見つかりません」

「たしかに、現金は、見つかっていませんが、一千万円を持って、銚子にいったと考えるのが、妥当だと、思いますが」

「しかし、通帳を、見る限りでは、銀行に預金してある、四百二十六万円から、四百万円を引きおろしたようには、なっていません」

と、渡辺警部が、きいた。

「くりかえしになりますが銀行の話では、預金四百二十六万円を、担保にして、四百万円を、本橋が借りた形になっているそうです」

「そうすると、やはり、四百万円の現金をおろしたというか、借りたことは、間違いないんですね？」

「ええ、間違いありませんよ」

「そうなると、本橋哲平は、一千万円の、現金を持って、千葉県銚子にいったことになりますね。犯人は、本橋哲平を殺しておいて、一千万円の現金を、奪って逃走した。その可能性が大きくなってきましたね」

と、渡辺が、いった。

「たしかに、その可能性は、否定できませんが、それよりも、なぜ、本橋哲平が一千万円もの大金を持って、千葉県銚子に、いったのか？　そのほうが、気になりますね。理由がわかれば、今回の事件も、自然と、解決の方向に向かうと思うんですがね」

と、亀井が、いった。

その時、亀井の携帯が鳴った。

「亀井です」

と、答えた後、亀井は、電話の相手と、何やら話していたが、急に表情が変わって、

「わかりました。西本刑事と、すぐ、現場に急行します」

と、いい、千葉県警の、渡辺警部に向かって、

「たった今、都内で、殺人事件が、発生しました。殺されたのは、本橋が、六百万円を借りた消費者金融マイホームの、世田谷支店長だそうです」

「現場は、どこですか？」

「帝国ホテルの新館、二六〇三号室だそうです」

「犬吠埼の殺人事件と、関係が、あるんでしょうか？」

「今のところ、まったく、わからないようです。私は、今から、帝国ホテルに、向かいます」

亀井は、西本を連れて、部屋を飛び出していった。

帝国ホテル新館の、二六〇三号室には、十津川警部が、すでに、到着していた。

部屋には、ベッドが二つと、ソファなど応接セットが二つ、置かれて、いる。

そのツインの、片方のベッドの上で、中年の被害者、野崎康幸が、俯《うつぶ》せに、倒れて死んでいた。

死体は、パンツひとつの上に、バスローブを羽織っていた。厚手の、白いバスローブは、このホテルの、ものである。

被害者は、後頭部を、鈍器で殴られ、気を失って倒れたところを、おそらく、犯人に、馬乗りになられ、首を絞められて、殺されたと見られる。

十津川や鑑識の係官たちが、調べてみると、部屋に、常備してあるウイスキーの角瓶がひとつ、なくなっていた。おそらく、それで被害者の後頭部を、背後から殴りつけたに違いない。

この角瓶に、自分の指紋が、残ってしまうことを恐れて、部屋を出る時、犯人は、持ち去ったのだ。

「東京の消費者金融の支店長が、どうして、帝国ホテルなんかに泊まっていたんでしょうか？」

亀井が、十津川に、きいた。

「ホテルの宿泊者カードに書いてある住所を見ると、千葉県の、木更津《きさらづ》になっている。どうやら、野崎支店長は、木更津から、世田谷の成城学園まで、毎日、通っていたらしい。ホテルの話では、昨日から、ここに泊まっていたんだそうだ」

と、十津川が、いった。

「ホテルには、消費者金融マイホームの社員だとは、いっていなかったのですか？」

「ホテルを、予約する時にいったのは、野崎康幸という名前と、木更津の住所だけだ。勤務先までは、いっていない」

「被害者の野崎支店長は、この部屋で、誰かに、会おうとしていたのは、間違いないと思うのですが、誰に、会おうとしていたんでしょうか？」

「たぶん、普通のお客では、ないと思う。もし、普通のお客なら、世田谷の、自分の支店の支店長室で、会っているはずだからね。支店では、会うことのできない、特別な事情のあるお客だと、思うね」

検視官が、十津川のそばにきて、

「死亡推定時刻は、おそらく、昨日、四月十日の午後十時から十二時の間だと思うね」

しばらくして、消費者金融マイホームの世田谷支店の、副支店長が、やってきた。安井という名前の、四十前後の、男である。

十津川は、安井に、被害者が、支店長の野崎で間違いないかを、確認してもらってから、安井を、ロビーに連れていき、椅子に座らせて、話をきくことにした。

「野崎さんは、昨日から、ここに泊まっていました。昨日は、ウィークディでしたからね、野崎さんは、休暇届を、出していたんでしょうね？」

十津川が、きいた。

「たしかに、野崎支店長は、四月十日から三日間の休暇届を出しています。明日までのです」

安井が、いった。

「野崎さんは、現在、木更津に、お住まいですね？」

「ええ、そうです」

「さっきから、自宅に、電話をしているのですが、家族の方が、誰も出ないのです。留守なんですか？」

「実は、去年の十月に、支店長は、奥さんと別れています」

「そうですか、野崎さんは、離婚されたのですか。現在、野崎さんは、独身ということですか？」

「ええ、そうです。これから、慰謝料を、支払わなければならないので大変だと、支店長は、いっていました」

「そうすると、野崎さん側の理由で、離婚されたわけですか？」

「何でも、浮気が、原因なんだと、支店長が、話していたのを、覚えていますから、支店長のほうに、離婚の原因が、あったと思います」

「そうすると、野崎さんが困っていたというのは、その、慰謝料問題だけですか？」

「そうだと、思いますね。今もいったように、慰謝料の支払いが、大変だといって、支店長は、イライラしている時が、ありましたから」

と、安井が、いった。

「ほかに何か、問題が、あるということは考えられませんか？」

「私には、離婚問題以外に、支店長が、困っていたり、悩んでいたようなことは、なかったと思いますよ」

「借金が、あったということは、ありませんか？」

「私が、知っている限りでは、それも、ありませんね。ただ、慰謝料の支払いが大変だということは、何度か、きいています。しかし、具体的に、支店長が、どこからか、借金をしたという話は、きいていません。おそらく、なかったと思いますけどね」

「先日、千葉県警の刑事と一緒に、そちらに伺って、本橋哲平という私立探偵に、六百万もの大金を、貸していることについて、お話をおききしましたが、本橋哲平さんは、すでに死んでしまっています。そうなると、その六百万円の返済は、いったい、どうなるんですか？」

十津川が、安井に、きいた。

「ああ、あの本橋哲平さんのことですか。亡くなられたばかりなので、返済をどうするのか、具体的には、決まっていませんが、連帯保証人が、おりますから、そちらに請求するかもしれませんし、本橋さんは、生命保険に、加入していらっしゃったようですから、そちらから、返していただくことになるかもしれません。いずれにしても、返済については、心配しては、おりません。その点は、野崎支店長も一緒で、何の心配もないと、いっておられました」

「本橋哲平さんの連帯保証人が、どなたなのか、安井さんは、ご存じですか？」

「今は、わかりませんので、支店に帰って、調べてから、ご報告いたしますよ。それで、よろしいでしょうか？」

「ええ、結構です」

「どうして、こんな時に、本橋哲平さんのことを、おききになるんですか？」

安井は、怪訝《けげん》な顔になって、十津川を見ている。

「いや、特に、理由は、ありません。急に、本橋哲平さんのことが、頭に浮かんだので、おききしただけのことです」

十津川は、安井に、いった。

「お宅の会社では、こんなことは、よくあるんですか？」

と、亀井が、きいた。

「こんなことと、申しますと？」

「支店長の野崎さんが、わざわざ、ホテルに部屋を取って、誰かと会うということですよ」

「支店長のプライベートなことは、まったく存じませんので、何とも、申しあげられませんね」

安井が、はぐらかすように、いった。

「われわれは、支店長の、野崎さんが、帝国ホテルに、部屋を取って、誰かと会っていて、殺されたと考えています。これを、プライベートなことだとは、思っていないのですよ」

と、十津川が、いった。

「しかし、仕事に関係して、支店長が、お客さんと、わざわざ、都内のホテルで会うということは、私には、考えられません。支店長室で、会えばいいんですからね」

安井が、少しばかり、怒ったような口調で、いった。

「副支店長の安井さんは、こういうこと、つまり、都内のホテルで、お客さんと会うようなことを、したことはないんですね？」

「ええ、私は、そんなことは、一度もありません」

安井は、きっぱりと、いった。

4

野崎康幸の遺体が、司法解剖のために、大学病院に運ばれた後、刑事たちは、被害者、野崎康幸の所持品を、調べる作業に入った。

その間に、十津川は、千葉県警の、渡辺警部に電話をした。

帝国ホテルでの現場検証の様子や、副支店長、安井から、きいたことなどを、十津川は話したのだが、渡辺は、一瞬、言葉を失ったように、電話口の向こうで、黙ってしまった。

（おそらく、銚子の犬吠埼で起きた殺人事件と、今回の殺人事件とが、関係しているのか、関係しているとすれば、どう、結びついているのかを、頭のなかで、考えているに違いない）

十津川が、思っていると、しばらくして、

「こちらの犬吠埼で起きた殺人事件と、何か関係が、あるんでしょうか？」

と、渡辺が、きく。十津川は、やっぱりと思いながら、

「それは、まだ、わかりません。何しろ、知らせを受けて、現場の、帝国ホテルにきたばかりですから」

「消費者金融の、支店長が、帝国ホテルの一室で、お客に、会うなんてことが、よくあるんでしょうか？」

渡辺が、当然の、疑問を口にした。

「副支店長にきいたら、そういうことは、まず、あり得ないといっていましたね」

「今、ふと、考えたのですが、殺された本橋哲平は、消費者金融マイホームから六百万円を借りていましたね？　ひょっとすると、そのことが原因で、支店長が、殺されたというようなことは、考えられませんか？」

「その点は、まだ、わかりませんが、副支店長の話では、本橋哲平には連帯保証人と生命保険に入っているので、六百万円の返済については、何の、心配もしていないと、いっていました。ですから、本橋哲平の借金と、今回の支店長の死とは、関係が、ないのではないかと、思っています」

「そうすると、犬吠埼と、東京で起きた二つの事件との間には、何の関係もないということですか？」

「そうですね、今のところ、関係が、ありそうには思えません。ただ、これからの捜査次第では、どうなるかわかりません」

十津川が、いった。

十津川にも、二つの事件の間に、関係があるのかどうか、わからないのである。

被害者、野崎康幸が、クローゼットに提げていた、背広のポケットから、小さく畳まれた、新聞の切り抜きが見つかった。

それは、四月四日に犬吠埼で起きた、殺人事件について書かれた、新聞記事の切り抜きだった。

しかも、その新聞は、銚子新報という、地方紙である。そのせいか、殺人事件の報道には、かなり、大きなスペースを割《さ》いていた。

〈犬吠埼で東京の私立探偵、殺さる〉

これが見出しだった。その見出しの後には、次のような記事が、続いていた。

〈ぬれ煎餅《せんべい》が、全国的に評判になったせいか、四月三日は、ウィークデイにも、かかわらず、銚子電鉄の、銚子からの下り電車は、かなり混んでいた。

そこには、後になって、わかったのだが、殺された本橋哲平さんも、乗っていたし、東京のR出版が出している月刊誌「T&R（旅と鉄道）」の編集者と、女性カメラマンも、乗っていた。

電車が犬吠駅に着いて、乗客がホームにドッと降りていく時、女性カメラマンの、岡本亜紀さんは、持っていたカメラを、乗客のひとりに、いきなり、奪われた。

岡本さんの、証言によると、カメラを奪っていったのは、翌日、遺体で発見された本橋哲平さんに、間違いないという。

その本橋哲平さんも、月刊誌「Ｔ＆Ｒ（旅と鉄道）」の編集者、井畑徹さん、カメラマンの岡本さんも、犬吠駅で降りて、それぞれ予約したホテルに入っている。

翌四月四日、岡本さんは、カメラを盗まれてしまったので、携帯電話のカメラで、取材を続けることにして、井畑さんと一緒に、朝、ホテルを出て、犬吠埼灯台へ、取材に出かけた。

灯台の近くには、レストランがある。二人が、そこでひと休みしていると、灯台の崖下《がけした》のほうから、人の騒ぐ声がきこえた。二人がいってみると、崖下に、若い男の遺体が、横たわっていた。

千葉県警銚子警察署の刑事が調べてみると、東京で、私立探偵をやっている本橋哲平さん、三十歳と、判明した。

これが、四月三日から、四日にかけて起きた殺人事件のあらましである〉

その新聞記事を、読み終わった十津川は、それを亀井に渡した。

亀井は読み終わると、目を光らせて、十津川を見た。

「二つの殺人事件には、関連がないと思っていたのですが、東京の、殺人事件の被害者が、四月三日から四日にかけての殺人事件を報じた新聞記事を持っていたということになると、二つの殺人事件には、関連が、あるのかもしれません」

「私も、カメさんの意見に、賛成だ。特に、この切り抜きの新聞は、全国紙のような大きな、新聞じゃないからね。事件が起きた千葉県銚子の地元新聞、銚子新報の、記事なんだ。おそらく、部数だって、そうたくさんは、刷っていないだろう。支店長の野崎康幸さんは、わざわざ、銚子新報を取り寄せ、その社会面だけを切り抜いて、持っていたことになる」

「そうなると、やっぱり、この、二つの殺人事件は、関連があるということに、なってきますね」

と、亀井が、いった。

「いや、まだ、それは、わからないよ」

十津川は、あくまでも、慎重に、いった。

「東京で殺された、消費者金融の野崎支店長は、偶然、自分が貸し出した、六百万円の借り手、本橋哲平のことが、気になって、地方紙を取り寄せて、その記事を読んだ。今、地方紙を、取り寄せるというのは、それほど難しいことでは、ないからね。しかし、単なる好奇心から、この記事を切り抜いておいたのかもしれない」

十津川は、その切り抜かれた新聞記事を、指紋を採取している鑑識に渡した。

「この切り抜きの指紋も、調べてほしいんだ」

と、いった。

「殺された、野崎支店長の背広のポケットに入っていたので、本人が、この新聞記事を、切り抜いて、背広のポケットに入れておいたと、決めつけてもいいが、野崎支店長を殺した犯人が、わざと、この新聞記事を、被害者の背広の、ポケットに入れておいたということも考えられるのだ」

十津川は、慎重ないい方をした。

その日の夕刊は、各紙とも、帝国ホテルで殺されていた野崎支店長の記事で、一杯になっていた。

各紙が、大きく扱ったのは、殺された、野崎支店長が、日本で一、二を争う消費者金融マイホームの支店長だったことも、あるだろう。

また、政府が、消費者金融の営業について、問題視して、利息を、少し下げるというような発表をした直後だったからかも、しれない。

その日の夕方になって、捜査本部が置かれることになった。

十津川は、副支店長の安井には、再度、捜査本部にきてもらって、続けて、話をきくことにした。

そこに、千葉県警の、渡辺警部が訪ねてきた。

十津川は、もう一度、副支店長の安井に向かって、

「改めて、確認をしたいのですが、マイホームの世田谷支店が、犬吠埼で殺された本橋哲平さんに対して、六百万円の、融資をしているんでしたね？　間違いないんですね？」

と、念を押した。

すると、急に、安井は、当惑した顔になって、

「そこが、少し誤解されていると思うのですが、マイホームが、本橋哲平さんに、お貸ししたのは、六百万円ではなくて、正確には五百万円です」

と、いう。十津川は「え？」という顔で、

「ちょっと、待ってくださいよ。さきほどは、本橋哲平さんに、六百万円貸したという話だったんじゃないですか？　私は、そうききましたよ」

「実は、ウチの会社では、支店長が決裁できるのは、最高でも、五百万円が限度なのです。ですから、野崎支店長が、会社として本橋哲平さんに、お貸ししたのは、五百

万円です。野崎支店長から、きいたのですが、ウチでは、最高でも、五百万円しか貸せないといったところ、本橋哲平さんは、どうしても六百万円貸してほしい。何とかならないかと、頭を下げられて、結局、野崎支店長が、自分の懐から、百万円を用意して、合計六百万円を、本橋哲平さんに、お貸ししたと、きいています」

「そういうふうに、お宅の社員の方が、自分のお金を足して、お客に貸すようなことは、よくあるんですか？」

「いいえ、そんなことはありません」

「それでも、本橋哲平さんの場合は、支店長の野崎さんが、会社の、融資五百万円とは別に、自分のお金の百万円を、足して、希望どおりの六百万円に、したわけでしょう？　野崎さんは、本橋哲平さんというお客さんに、対してだけ、そんな便宜を、図ったんでしょうかね？」

「野崎支店長が、こんなことを、いっていましたよ。あまりにも、本橋哲平さんの、お金が欲しいという気持ちが強くて、真剣だったので、つい、それに、ほだされてしまって、ちょうど、百万円ばかり持っていたので、足して、全部で六百万円にして、お貸しすることにしたんだが、これは、本店には、絶対に内緒だぞ。支店長は、そういっていましたね」

「もっと具体的なことは、支店長は、話さなかったんですか？」

「具体的なことといいますと？」

「安井さんは、野崎支店長が、本橋さんの熱意に押されて、自分が持っていた、百万円をつい、貸してしまった。そうおっしゃいましたね？　しかし、お客の熱意に、負けたというのは、少しばかり、おかしいんじゃありませんか？　そんなことをいったら、必死になって、お金を借りにくるお客には、全部、要求どおりの金額を貸すんですか？　そんなわけはないんでしょう？　ですから、もっと何か、具体的な理由が、あったと思うのですよ」

「具体的なですか？」

「例えば、本橋哲平さんが、五百万円ではなくて、六百万円あれば、これこれのことが、できるとか、これだけの利益が、見込めるとか、そういうことを、話したので、支店長は、自分のお金の、百万円を足して、希望する六百万円にして貸したんじゃないですかね？　そういうことでもないと、私は、どうにも、納得できませんけどね。どうなんですか？　もう少し、具体的な話を、野崎支店長は、していたんじゃありませんか？」

「困りましたね。支店長は、本当に、さっき申しあげたことしかいわなかったんですよ。本橋哲平さんに同情した。だから、百万円、自分の金を追加した。それだけです」

「もうひとつ、おききしたいのですが、野崎支店長は、奥さんと、離婚したから、慰謝料を、支払わなくてはならなくて大変だ。それで、困っていると、あなたに、そういったことが、ありましたよね？」

「ええ、それは事実です」

「そうなると、最近の、野崎さんのことを、いちばんよく、知っているのは、誰になりますかね？　離婚した奥さんですか？」

「そうですね、離婚した奥さんとは、前々から、うまくいっていなくて、家庭内別居の状態だったそうですから、別れた奥さんに、きいても、おそらく、野崎さんの悪口しかいわないでしょう」

と、安井が、いった。

「離婚した後、野崎さんは、新しい女性とつき合っていた。そういうことは、ありませんか？」

亀井が、きいた。

その質問に対しても、安井は、知らないと、答えた。

しかし、殺された野崎支店長が、なぜ、本橋哲平に、自分のポケットマネーから百万円も出してまで、貸したのか？　その理由を、十津川は、何としてでも知りたかった。

（それがわかれば、千葉の犬吠埼と、東京で起きた殺人事件の容疑者と、殺人の動機が、自然にわかってくるのではないだろうか？）

第三章　一千万円の行方

1

　捜査本部が丸の内警察署に置かれた。

　翌日、千葉県警の、渡辺警部が、十津川に会いにやってきた。

　四月四日に、千葉県銚子の犬吠埼灯台の下で、私立探偵の本橋哲平が殺される事件があり、四月十一日、帝国ホテルの新館二六〇三号室で、消費者金融マイホームの世田谷支店長、野崎康幸が、殺される事件が起きた。

　今のところ、同一犯かどうかは、わからないが、二つの事件には、何らかの関係があると、警視庁の捜査一課は、考え、千葉県警もそう考えたので、合同捜査の件で、千葉県警の渡辺警部が、打ち合わせのためにやってきたのである。

合同捜査にすることについては、簡単に決定し、後は、十津川と渡辺警部との二人の間の話になった。

十津川が、まず、自分の考えを、渡辺警部に説明した。

「帝国ホテルで、殺された野崎支店長は、犬吠埼で殺された私立探偵の本橋哲平が、六百万円の融資を頼んだ時、支店長決裁では五百万円までしか貸せないと、最初は、断りました。それなのに、わざわざ自分のポケットマネー百万円を、プラスして、六百万円を、本橋哲平に貸しています。本橋哲平は、その六百万円に、自分の預金を担保にして借りた四百万円をプラスして一千万円にして、何かの事業への投資を、計画していたものと、私は、考えています。本橋哲平が、殺されたことに、野崎支店長は、ショックを受けたものと思われます。おそらく、野崎支店長は、本橋哲平が銚子にいって、何をやろうとしていたのかを、知っていたと、私は思っているのです。スポンサーなんですから。そこで、野崎支店長は、帝国ホテルに、チェックインして、そこで、誰かに会おうとしていたことは間違いありませんが、その相手が何者か、残念ながらわかりません。ただ、本橋哲平が、何か、事業への投資をやろうとしていたとすれば、その関係者ではないかと、思います。野崎支店長は、その人物に、帝国ホテルで会おうとしていたのだと思います。野崎支店長が、帝国ホテルで、会おうとしていた人物は、いきなり、鈍器で支店長の後頭部を、殴り、首を絞めて、殺して逃亡しました。二人を殺した人物が、同一犯かどうかは、わかりませんが、少なくとも、一千万円に関係している人物であることは、間違いないでしょう。二つの事件の間には、間違いなく、何らかの、関連があるはずです」

「私も、今の十津川さんの考えに、全面的に賛成です」

渡辺が、いった。

「野崎支店長は、誰かと、帝国ホテルで、会おうとしていました。千葉県銚子の犬吠埼灯台で、本橋哲平を殺した人物か、その関係者だろうと、思うのですが、野崎支店長は、どうして何の、警戒もせずに、会ったのでしょうか？　相手が、自分を殺すことは、あり得ないとでも、思っていたのでしょうか？」

「野崎支店長は、発見された時、下着の上に、バスローブを羽織った格好でした。おそらく、客が現れる前に、シャワーを浴びて、バスローブを、羽織っていたのでしょう。こんな格好で相手を部屋に入れたということは、今、渡辺さんがいわれたように、自分が、殺されることなんて、まったく考えず、油断をしていたに違いありません。だから、相手に、隙《すき》を見せたりしている。その時、相手は鈍器で、野崎支店長の後頭部を殴りつけ、気絶させておいてから、首を絞めたのです」

「たしかに、バスローブ姿だったというのは、野崎支店長の油断というか、相手に、心を許していたみたいなところが見られますね」

「ひょっとすると、相手は女性だったのかもしれませんよ。副支店長の話では、野崎支店長は年齢五十歳で、奥さんと離婚していて、ヤモメ暮らしだったと、いわれています。帝国ホテルで、会うことになっていたのが、女性ならば、それも、若い女性ならば、会う前に、シャワーを浴びたり、バスローブ姿で、迎えたりしても、別に、おかしくはありません」

「部屋に、やってきたのが女性だとすると、彼女が、野崎支店長を殺したことになりますが」

「犯人は、いきなり、野崎支店長の後頭部を鈍器、これは、ウイスキーの角瓶だと、思われますが、それで殴って気絶させてから首を絞めたと思われます。これは、女性でもできる殺しです」

「確かに、女性でも可能ですが」

「犬吠埼で殺されていた本橋哲平ですが、こちらの犯人は、男か女か、わかっているのですか?」

十津川が、逆に、きいた。

「本橋哲平は、背後から、鋭利な刃物で、二カ所刺されており、それが、致命傷になっています。片方の傷は、心臓にまで達していて、死因は、失血死だと断定されているので、犯人は、男だろうと考えています」

と、渡辺が、いった。

「もし、二つの事件の犯人が、同一犯だとすれば、東京の場合も、女性ではなくて、男性ということになりますね」

十津川は、逆らわずに、いった。

問題は、犯人が、男だった場合、どうして、その男をバスローブという、いかにも、無警戒な姿で迎え、部屋に、入れたのかということである。

「野崎支店長が、帝国ホテルで会った相手は、例の、一千万円の関係者と考えて、間違いないでしょうね」

渡辺が、いった。

「ええ、それ以外に、考えようがありません」

十津川も、うなずく。

「本橋哲平は、今までに貯めていた四百六十万円は、おろしていない。この預金は、四百万円を借りるための担保ですから、当然、おろせません。しかし、消費者金融から借りた、六百万円と合わせて、一千万円を持って、犬吠埼へいった」

「いや、四月三日に、銚子にいった時には、一千万円という大金は、持っていかなかったんだと、思います。現金で、一千万円もの大金を持っていくのは、いかにも危険です。一千万円を、用意したことだけを告げに、本橋哲平は、銚子の犬吠埼に、いったのかもしれません」

渡辺は、いい、そのあと、

「ですから、本橋は、どこか安全な場所に、その一千万円を、隠しておいたはずなんです」

「本橋のマンションでは、見つかっていません」

「駅のロッカーでは、不用心ですし。銀行の貸金庫とか？」

「その点についても、部下の刑事たちに調べさせていますが、今のところ、まだ発見されていません」

「もしかしたら、野崎支店長に、預かってもらっていたということは、考えられませんか？　本橋の熱意にほだされて、ポケットマネーから、百万円を貸したくらいですから、ある程度は、一千万円の使い道についても、知らされていた可能性がありまず」

「現在、野崎支店長の、千葉県木更津の自宅に、刑事がいき、一千万円についても調べることに、なっていますから、間もなく、その答えが届くはずです」

三十分ほどして、三田村刑事と、北条早苗刑事の二人から、電話が入った。

「今、野崎支店長の家に着き、家宅捜索をしましたが、一千万円の現金は、見つかりませんでした」

三田村が、いう。

「家のなかが、荒らされた形跡はないのか？」

「そういう感じは、まったくありません。玄関の鍵《かぎ》は、おりていましたし、誰かが家捜しをしたような形跡も、ありませんでした」

「野崎支店長自身の、預金通帳は、見つかったか？」

十津川が、きくと、北条早苗刑事が、

「五百二十万円の預金通帳が、見つかりました。その預金通帳は、S銀行の木更津支店のもので、四月九日に、そこから、四百万円をおろしています。ただ、その四百万円の現金は、見つかりません」

「四月九日だな？」

「そうです。四月十日に、野崎支店長は、帝国ホテルに、入っていますから、その前日に、四百万円をおろしたことになります」

と、早苗が、いう。

「現金のほかに、家のなかに、何か、事件と関係するようなものは、見つからなかったか？」

「いろいろと、捜していますが、今のところ、何も、まだ見つかっていません。三田村刑事と一緒に、もう少し、捜してみようと思っています」

「わかった。何か見つかったら、すぐ知らせてくれ」

と、いって、十津川は、電話を切った。

2

そのあと、捜査会議が開かれ、千葉県警の渡辺警部も、参加した。警視庁と千葉県警との合同捜査は、すでに決定していたからである。

十津川は、三田村と北条早苗刑事の二人から、電話で報告されたことを、そのまま、三上本部長に伝えた。

「今回の、二つの殺人事件には、一千万円の大金が絡んでいます。問題は、その一千万円が、今、どうなっているかということです。四月三日に、千葉県銚子の犬吠埼に、出かけた私立探偵、本橋哲平は、何か、うまい儲《もう》け話があって、消費者金融からも、金を借りて、一千万円の大金を用意しました。しかし、現金は持っていかずに、ただ、一千万円が、用意できたことだけを知らせに、本橋は、銚子の犬吠埼に、いったものと思われます。そこで、儲け話の相手に会ったものと思われます。本橋が用心深く、現金を持たずにいったことに相手が、腹を立てたのか、ほかのことで、トラブルになったのかはわかりませんが、本橋哲平は殺されてしまいました」

「もし、君がいうように、本橋哲平が、現金を持たずに、一千万円を、用意してあるということだけを、相手に告げるために、銚子の犬吠埼に、いったとすると、一千万円は、現在、どうなっているんだ？」

三上本部長が、きいた。

「本橋は、自分の預金を担保に、四百万円と、消費者金融マイホームと支店長に、借りた六百万円の合計一千万円を、用意したわけですが、四百二十六万円の預金は、おろされずそのままになっています」

「一千万円は、どうなっているんだ？」

「三十分前に、野崎支店長の木更津の家に出向いた三田村と北条早苗の二人からの報告では、野崎支店長の家にも、一千万円の現金は、なかったそうです。ただ、野崎自身の預金が、五百二十万円あって、そのなかから、四月九日、帝国ホテルに、チェックインする前日ですが、四百万円をおろしているという報告もありました。これはあくまでも、私の推測ですが、野崎支店長が、融資を承諾した六百万円は、本橋の商談が成立するまで、用心のために、野崎支店長が預かっていたのではないか、ということです。金額が、ピタリと合うのです。本橋哲平を殺した犯人は、たぶん、野崎支店長に連絡してきて、本橋から名前はきいている。あなたが、一千万円の現金を、用意してくれれば、うまい儲け話をおしえる。そういったのではないかと、思うのです。そこで、野崎支店長は、本橋から預かっている六百万円に、自分の預金から、四百万円をおろして、合計一千万円の現金を持って、帝国ホテルにいき、そこで、犯人と会ったのではないかと、私は、考えます。そのあと、犯人は野崎支店長を殺し、現金一千万円を、持ち去ったのではないかと、思いますが、もちろん、何の証拠も、ありません。私の勝手な推測です」

十津川が、いった。

「千葉県警の考えも、ぜひきいてみたいね」

三上が、渡辺警部の顔を、見た。

渡辺は、一瞬当惑の表情になって、

「千葉県警の考えと、いわれると、困ります。あくまでも、私個人の意見ということになりますが、それでも構いませんか？」

「もちろん、それで結構だ。ぜひ、きかせてくれたまえ」

「最初、私も、本橋哲平が、一千万円の現金を持って、銚子の犬吠埼にいったのではないかと、考えました。儲け話の相手に会って、話をしているうちに、相手を、怒らせてしまったのか、相手が、一千万円の現金を奪おうとして、本橋を殺したのではないかと考えました。儲け話というのも、もともと、嘘《うそ》で、本橋に一千万円を、作らせる口実ではなかったかとも、考えました。しかしその後、十津川警部と同じように、彼は、儲け話には、乗ったが、用心深く、一千万円の現金は、持っていかず、話だけを、しにいったと、考えました。たぶん、そのことに、相手が腹を立てて、そのあげく相手は、本橋哲平を殺してしまったのではないか。しかし、そうなると、本橋哲平が用意した一千万円は、どうなって、しまったのか？　と、考えている時に、今度は、東京で消費者金融マイホームの、野崎支店長が殺されたことを知りました。本橋哲平が、マイホームと支店長から借りた六百万円、それはまだ、野崎支店長が、持っているのではないか？　あるいは、本橋哲平が、儲け話が、実現するまでの間、野崎支店長に、預けておいたのではないか？　ところが、木更津の野崎支店長宅にも、現金はなく、支店長の個人的な預金五百二十万円から、四百万円がおろされていることも知りました。こうなると、自然に私の結論も、十津川警部の結論と、同じになってしまいます。銚子の犬吠埼で、本橋哲平を殺した犯人は、儲け話を、今度は、野崎支店長に持っていったと思います。野崎支店長は、金を借りにきた本橋に、わざわざ、自分の個人的な金を、百万円も用立てたくらいですから、金儲けには、目がなかったと、思われます。本橋を殺した犯人から、儲け話が、持ちかけられてきたとき、すぐ応じたと思いますね。そこで急遽《きゅうきょ》、本橋から預かっていた六百万円に、自分の預金四百万円を、プラスして一千万円の現金を作り、帝国ホテルで、相手と会うことにしたのだと思いますね。その後、どういう経緯があったのかは、わかりませんが、犯人は、野崎支店長を殺し、一千万円の現金を持って、逃げたとしか考えられませんから、十津川さんの意見に賛成です」

「そういうことなら、本橋哲平が、銀行から借りた四百万円は、どうなったんだ？」

「銚子へは、一千万円は持っていかなかったが、相手を信用させるための、見せ金として、四百万円だけ持参した、とも考えられます」

「四百万円は、殺害犯人に、奪われた可能性があるということだな。じゃあ、今後の、捜査方針をきこうか。千葉県警の捜査方針でも、君の個人的な、捜査方針でも構わない」

三上本部長が、いった。

3

渡辺警部は、続けて、自分の考えを口にした。

「十津川警部と話したのですが、二つの事件が、同一犯によるものかどうかが第一のポイントだと思うのです。銚子の犬吠埼で起きた殺人事件と、東京の帝国ホテルで起きた殺人事件とは、殺しの方法が、違っています。当然、違う犯人の仕業《しわざ》ということも、考えられます。ただ、今までのところ、犯人が、男か、女かもわかってはいないのです。容疑者も浮かんで、いません。そんななかで、私が一番知りたいのは、一千万円を投資する儲け話というのが、いったい、何かということです。儲け話の実態がわかれば、容疑者も浮かんできて、捜査が、進展するものと期待しているのですが」

「君のほうは、どうなんだ？　一千万円も投資する儲け話が、どんなものか、想像がつくかね？」

三上本部長が、十津川に目をやった。

「正直にいって、どういう儲け話なのか、私にも、わかりません。しかし、私立探偵の本橋哲平が、消費者金融から借金をしてまで、一千万円という大金を、用意したところをみると、かなり、おいしい話だったに違いありません。また、本橋哲平は、わざわざ、銚子の犬吠埼に、いっていますから、犯人が口にした儲け話というのは、犬吠埼か、あるいは、銚子に関係のあることに違いないと思います。もし、東京が舞台の儲け話なら、相手は、わざわざ、本橋哲平を、銚子の犬吠埼まで、呼び出したりは、しないでしょうし、本橋の方も、銚子まで、いったりはしないと思うのです」

「ということは、銚子か、犬吠埼に関係のある儲け話だということだな？」

「私は、そう、考えます」

「しかし、それでも、まだ、ずいぶん漠然としているね。何もわからないのと同じじゃないか」

三上本部長が、皮肉をこめた口調で、いった。

「今のところ、これぐらいの想像しかできません」

十津川が、いった。

「もう少し、具体的に絞ることは、できないのかね？」

三上本部長が、きく。

「あまり関係は、ないかもしれませんが、四月三日の日に、月刊誌『T&R（旅と鉄道）』の編集者、井畑徹と、カメラマンの岡本亜紀の二人が、銚子電鉄の取材にいき、車内を撮影していて、犬吠駅に着いた時、岡本亜紀の、カメラが、いきなり奪い取られました。二人の証言に、よりますと、カメラを奪ったのは、本橋哲平らしいと、いうのです。しかし、本橋哲平が、殺されていた犬吠埼灯台の、崖下《がけした》からは、カメラは、見つかっていませんし、本橋哲平が泊まっていたホテルの部屋からも見つかっていません。どうして、本橋哲平は、カメラを奪い取ったのか？　その本橋を殺した犯人が、なぜ、カメラも持ち去ってしまったのか？　それが、わかれば、事件の捜査は、大きく、前進するのではないかと、期待しているのですが」

渡辺警部が、いった。

「それで思い出されるのは、月刊誌『T&R（旅と鉄道）』の編集者、井畑徹と、カメラマンの岡本亜紀二人の、証言です」

十津川が、いうと、

「その話は、前に一度、君から、きいたが、もう一度、話してくれたまえ」

と、三上本部長が、先を促した。

「最初、カメラマンの、岡本亜紀は、車内を撮っていた自分のカメラが、偶然、本橋哲平の姿を、写してしまった。本橋は、儲け話が外部に、漏れるのを恐れて、犬吠駅で、亜紀の持っていたカメラを奪って、逃げたのではないかと、最初、そう、考えたようです。しかし編集者の井畑徹がいうには、本橋哲平は、同じ一両編成の電車に、乗っていた。この男は、巧みに、岡本亜紀のカメラに、撮られないようにしていた。だから、岡本亜紀のカメラに、自分が写ってしまうようなことはしないはずだと証言しているのです」

「それで、結論は、どうなったんだ？」

「結論は、こうなっています。カメラマンの、岡本亜紀は、四月三日の一五時四二分、銚子電鉄の、始発駅、銚子発の電車に、乗りこみました。その時点から、写真を撮りまくっていました。犬吠駅まで、いったところでカメラを、奪われたわけですが、その間に、どこで、何を撮ったかを、亜紀が覚えていて、それをこう、話しています。

一、しおさい7号。これは東京発で、銚子までいく特急列車です。この時から、岡本亜紀は、カメラで、周囲の景色を、撮り始めたといいます。

二、銚子駅。銚子電鉄の駅舎と、小さなホームがあり、乗客が群がっていました。その様子を、カメラに収めました。

三、銚子電鉄の車内の光景。
四、銚子電鉄に、その日乗っていた乗客たち。
この四つに向かって、岡本亜紀は、写真を撮りまくったと、いっているのです。私は、こう、考えました。本橋哲平は、自分にもたらされた儲け話を、ほかの人間に、知られるのを恐れていました。岡本亜紀が撮った写真ですが、ひょっとすると、そのなかに、問題の儲け話を暗示する光景なり人物があったのではないか。そこで、犬吠駅で降りる時に、岡本亜紀から、カメラを奪い取って、逃げたのではないか。そんなふうに、考えてみたのです」

「カメラは、まだ、見つかっていないんだろう？」

「はい、まだ、見つかっておりません」

「そうなると、肝心の写真が、見つからないのではどうしようもないんじゃないかね？」

三上が、冷静に、いう。

「そのことですが、岡本亜紀の証言によると、同じ電車に、有名な、千頭明というカメラマンが乗っていたというのです。その千頭明も、岡本亜紀と同じように、車内や、あるいは、外の景色などの写真を、撮っていたのではないかといいます。ですから、亜紀のカメラが、見つからなくても、千頭明が、撮った写真を見せてもらえれば、それで、犯人の考えなり目的なりがわかってくるのではないか？　千頭明は、現在、撮影に出かけていて、まだ、帰ってきていません。千頭明が、帰ってきて、四月三日に撮った写真を、見せてもらうことができれば、事件の捜査は、一歩先に進むのではないかと期待しています」

「千頭明の名前は、私も知っています。彼のスタジオは、たしか、四谷にあったんじゃないか」

「そうです。四谷三丁目にあります。千頭明のスタジオのほうには、こちらの意向を伝えて、彼が、帰ってきたらすぐ、捜査本部に、連絡をくれるように頼んでありますす」

と、十津川は、いった。

捜査会議が終わりに近づいた時、千葉県の木更津から、三田村と北条早苗の二人が、帰ってきた。

二人は、すぐ捜査会議に加わり、木更津から持ち帰った情報を、報告した。

4

二人の刑事は、千葉県木更津の野崎康幸の自宅の写真を、黒板に、貼っていった。

二階建てのプレハブ住宅だが、かなり大きな家だった。

「私たちが、着いた時には、ドアには鍵が、かかっていました。それで、鍵を壊して、なかに入ったのですが、部屋のなかが荒らされている感じは、まったくありませんでした」

三田村刑事が、写真を示しながら、説明した。

「たしか、野崎支店長は、独身だったね？　ということは、この家に、ひとりで住んでいたのかね？」

三上が、きく。

「そうです。奥さんと離婚して、野崎支店長は、いわゆる、ヤモメで、この二階建ての家に、ひとりで暮らしていました。同居人は、いません」

「君たちの家宅捜索で、何がわかったのか、それを、みんなに、話してもらいたい」

三上が、促した。

「私たちは、まず例の一千万円の行方を調べました」

北条早苗刑事が、いった。

「しかし、どこを調べても、一千万円の現金は、見つかりませんでした。野崎康幸自身は、S銀行の木更津支店に、口座を持っていて、その預金額は、五百二十万円となっていました。私たちが気になったのは、この五百二十万円のうちから、四百万円が、四月九日に、引き出されていたことです。しかし、その四百万円も、家のなかから見つかりませんでした」

と、早苗が、いった。

「四月九日というと、野崎康幸が、殺害現場となった、帝国ホテルにチェックインする前日だね？」

「そのとおりです。野崎支店長は、自分が勤めている消費者金融マイホームに、四月十日から三日間の、休暇届を出しています」

「君たちは、野崎康幸の家を、家宅捜索したが、何か、事件に、関係がありそうなものは見つかったのかね？」

「事件に関係のありそうな写真、手紙、二階の書斎にあった、パソコンのメールなどを調べました。しかし、今回の事件に、関係のありそうな手紙、写真、メールは、まったく、ありませんでした。ただ、二階の書斎の机の引き出しに、こんなものが、入っていました」

三田村刑事が、三上本部長に渡したのは、何枚かの、地図や写真、メモだった。

まず、銚子電鉄のルートを示す地図である。どうやら、鉄道関係の雑誌から、銚子電鉄に、関係あるところだけ切り取ったものらしい。

その地図を見ると、総武本線の銚子駅から、銚子電鉄の終点、外川駅までが、描かれていた。

地図のなかには、銚子電鉄の周辺にある名所や旧跡も、描かれている。銚子漁港、外川漁港、あるいは、犬吠埼マリンパーク、犬吠埼灯台、君ヶ浜、銚子ラジウム温泉などである。

あとの三枚は、銚子電鉄の駅の写真と説明や、名所旧跡の写真だった。

銚子電鉄（正確には銚子電気鉄道）は、始発の銚子から、終点の外川まで、全部で、十の駅しかない。全長も、わずかに六・四キロである。

各駅の写真や簡単な説明、それから、クラシックな、電車の写真が載っているページが二ページあり、この銚子電鉄の名物のタイ焼きと、ぬれ煎餅《せんべい》も載っている。

ほとんどの駅が、小さくて、無人駅である。各駅の写真のそばには、短い説明がついていた。

まず、始発駅の、銚子駅。

ＪＲ銚子駅のホームの先端が、銚子電鉄のホームになっている。

次の仲ノ町駅の売店では、名物のぬれ煎餅を、販売している。

二つ目の観音駅では、タイ焼きを、売っている。

三つ目は、本銚子駅。

ここは、古風な無人駅で、ＮＨＫの連続ドラマ「澪《みお》つくし」のロケが、おこなわれたところでもある。

四つ目は笠上黒生駅。

ここで、ほとんどの、電車がすれ違う。交換方式は、今は珍しくなった、タブレットを、使っている。

その後の、西海鹿島駅、海鹿島駅、君ヶ浜駅。

このあたりは、海が近い。線路脇には、民家があって、キャベツ畑が、広がっている。

君ヶ浜の次が、犬吠駅である。

ここで降りて、十分ほど歩くと、犬吠埼灯台に着く。この駅でもぬれ煎餅を、販売している。

犬吠駅の次が、終点の、外川駅である。

小さな駅だが、かつては、水揚げされた魚の、積み出し駅だった。

これが、銚子電鉄の、各駅の簡単な説明である。旅行雑誌から、三ページを切り取って、野崎支店長は、それを、持っていたのだろう。

銚子電鉄、あるいは、各駅、その周辺に、野崎は、関心があって、わざわざ、旅行雑誌から切り取って、この三枚に、目を通していたのだろう。

そのページを持って、実際に、銚子電鉄に乗りに、いったのかもしれない。

三上本部長が、三枚のページを、黒板に、ピンで留めた。

「雑誌から、わざわざ、銚子電鉄の写真や、周辺の地図、銚子電鉄の各駅の説明文を切り取って、持っていたということは、単なる、旅行好きとは、考えられないね。野崎支店長も、本橋哲平と同じように、実際に、千葉にいって、銚子電鉄に、乗ったんじゃないのかね？」

三上が、いった。

「たしかに、そう考えられる形跡は、あります。三枚のページですが、小さく折り畳んでいた形跡がありますから、たぶん、上着かズボンのポケットに入れて、千葉県の銚子まで、実際にいったと思います」

「実際にいったかどうか、調べる方法は、あるのか？」

「野崎康幸が、支店長をやっていた消費者金融マイホームは、小田急線の、成城学園前駅の近くに、あります。これから、そこにいって、近くに、旅行会社があるかどうかを調べてみます。あれば、そこで、野崎支店長は、銚子電鉄の切符を、買っているかもしれませんから」

十津川は、亀井と一緒に、成城学園に、いってみることにした。

千葉県警の渡辺警部も、同行したいというので、三人で、パトカーを、世田谷区成城学園に飛ばした。

成城学園にいってみると、予想したとおり、駅のそばに、ジャパントラベルの支店があった。

そこで、きいてみると、野崎康幸が、三月の末、正確には、三月三十日の銚子電鉄の切符を、ここに頼んで、購入していることが、わかった。

「間違いなく、野崎康幸という男が、銚子電鉄の切符を、購入したいといって、やってきたのですね？」

十津川は、確認するように、再質問した。

「間違いありません。この近くにある消費者金融マイホームの、支店長の野崎さんです」

窓口の女性が、はっきりと、いう。

それでも、十津川は、さらに、確認したくて、

「どうして、三月三十日の、銚子電鉄の切符を、ここで、購入したのが、野崎康幸だと、わかるんですか？」

「急いでいらっしゃったようなので、切符が手配できた時点で、私のほうから、マイホーム支店長の野崎康幸さんに、直接お渡ししたので」

と、窓口の女性が、十津川に、いった。

「三月三十日の、切符であることは、間違いありませんね？」

「ええ、間違いありません。東京駅から、一三時四〇分発の『しおさい7号』に乗り、銚子駅に着くのが、一五時二九分です。銚子発一五時四二分の、銚子電鉄に乗って、終点の外川までの切符、すべて、往復をお渡ししました」

女性社員は、パソコンを検索しながら、十津川たちにいった。

「今、銚子一五時四二分発で、終点の外川までの切符と、いわれましたね？　犬吠までの、切符じゃありませんか？　野崎さんが、購入したのは、本当に、終点の、外川

までの切符だったんですか？」

　渡辺警部も、念を押した。

「野崎康幸さんが、ウチの窓口に、こられた時に、自分は、銚子電鉄に乗って、終点の、外川までいきたい。そうおっしゃったんですから、絶対に、間違いありませんわ」

「ここにきて、銚子電鉄の、切符を頼んだ時、何をしに、銚子にいくのか、野崎さんは、いっていましたか？」

　亀井が、きいた。

「いま、銚子電鉄は、ぬれ煎餅で、有名になって、皆さん、よく知っています。ですから、観光で、銚子電鉄に乗られるのかなと思ったのです。それで、ぬれ煎餅ですかって、おききしたんですよ」

「それで、野崎康幸さんは、何と、答えたんですか？」

「ちょっと、怒ったような顔で、私が見にいくのは、ぬれ煎餅ではなくて、魚だ。そうおっしゃいました」

「ぬれ煎餅ではなくて、魚だといったんですね？」

「はい、あの時は、何だか、怒られたような気がして、それで、よく、覚えているのです。たぶん、銚子電鉄が、ぬれ煎餅で有名になってしまったので、私が、ぬれ煎餅といったので、怒ったんじゃありませんかね？ 自分は、ぬれ煎餅を、買いにいくんじゃなくて、銚子は、魚で有名だから、銚子の、そういうところを、見にいくんだ。そう、おっしゃりたかったんじゃありませんかしら？」

と、女性社員が、いった。

「その時、野崎康幸さんが、頼んだ切符は、自分の分だけですか？ それとも、二人分ですか？」

十津川が、きいた。

「おひとり分だけでした。ですから、野崎さんは、おひとりで、銚子に、いかれたのではないでしょうか？」

と、女性社員が、いった。

5

三月三十日の件を、頭に入れて、千葉県警の渡辺警部が、帰っていき、十津川と亀井は、捜査本部に、引き返して、ジャパントラベルの話を、三上本部長に伝えた。

「これで、殺された野崎支店長も、千葉県の銚子に、関心があったことが、わかりましたが、同時に、少しばかり、困ったことになりました」

十津川が、三上本部長に、いった。

「何が困ったのかね？」

「私立探偵の、本橋哲平は、四月三日、銚子電鉄で、犬吠までいき、犬吠埼灯台の崖下で、殺されていたのです。ところが、野崎康幸は、三月三十日に、銚子電鉄の切符を買って、千葉にいったと、思うのですが、野崎康幸は、銚子電鉄の終点、外川までの切符を、ジャパントラベルに、頼んでいるのです。それも、外川までいきたいと、念を押したそうですから、彼の行き先は、犬吠ではなくて、終点の、外川だったと思わざるを、得ないのです」

「しかし、地図で、見ると、銚子電鉄の犬吠から終点の、外川までは、ひと駅しかない。四月三日に、犬吠で降りた、本橋哲平も、そのあと、歩いて、終点の外川まで、いくつもりだったんじゃないのかね？　そう考えれば、本橋哲平と野崎康幸の二人が、別々のところに、いくつもりだったのではなくて、終点の外川にいくつもりだったということに、なってくる。本橋哲平は、相手が、犬吠埼で待っているというので、犬吠駅で、降りたんじゃないのかね？　そう考えれば、別に、不思議はないと、私は思うがね」

三上本部長が、いった。

「たしかに、本部長のおっしゃることも、一理あります」

「君は、あくまでも、犬吠駅と終点の外川駅とでは、違うと、考えるわけかね？」

三上が、咎《とが》める調子で、きく。

「写真を見ても、簡単な、二つの駅の説明文を読んでも、かなり、違うと思います。犬吠駅は、駅として、銚子電鉄のなかでは、大きいほうですし、観光客も大抵、犬吠駅で降りるそうです。ここには、犬吠埼灯台もありますから。それに比べて、終点の、外川駅のほうは、以前は漁港として、有名だったようですが、写真で見ても、わかるとおり、古めかしい駅舎で、犬吠駅よりも小さく、観光客の数も、少ないようです」

「野崎支店長は、寂しい外川駅のほうに関心があった。そうだとすると、本橋哲平と、野崎康幸の二人を、殺した犯人は、同一犯ではなくて、別人だということになってくるのか？　そうだとすると、捜査方針を、変更する必要も、出てくるんじゃないのかね？」

明らかに、三上本部長は、機嫌を、悪くしていた。

「千葉県警の、渡辺警部ですが、これから銚子にいって、銚子電鉄の、犬吠駅と、終点の外川駅に、実際にいって、どこがどう、違うのか、あるいは、逆に、どこが似ているのか、調べてみるといっていました。それが、わかり次第、すぐに、連絡をしてくれることになっています」

十津川は、三上にいった。

第四章　黒い影

1

十津川の期待していた、千葉県警、渡辺警部からの連絡は、なかなかこなかった。

三日目には、業《ごう》を煮やして、十津川のほうから電話をかけた。

電話をかけた先は、千葉県警銚子警察署で、そこに、渡辺警部が、いるはずだった。

電話に出た相手に向かって、十津川が、丁寧に、

「そちらに、渡辺警部は、いらっしゃいますか？　もし、いらっしゃったら、呼んでいただけませんか？」

「今、忙しいんだ。後にしてくれ」

邪険に、電話を切られてしまった。

仕方なく、もう一度、電話をかける。今度は、

「こちらは、警視庁の十津川といいます。渡辺警部を、呼んでいただけませんか?」

と、自己紹介から入ってみた。すると、相手は、

「えっ、警視庁?」

と、きき返してから、

「渡辺警部は、死亡しました」

と、いった。

今度は、十津川が、いきなり、頭を殴られた感じだった。

「死亡したって、渡辺警部が、ですか? いったい、どうしたんですか? 詳しく話してもらえませんか?」

「昨日の夜から、渡辺警部と、連絡が取れずに心配をしていたところ、今朝早く、銚子漁港の海底で射殺死体で発見されたんですよ。それで、これから捜査を始めるところです」

「私が、そちらに、いってはいけませんか? 実は、こちらがお願いして、渡辺警部に調べていただいていたことが、あるんですよ」

「わかりました。それでは、明日にでも、きていただけませんか? これから、捜査

本部を立ちあげて、捜査を、開始しなければなりませんので」

それだけいうと、相手は、電話を、切ってしまった。

十津川はすぐ、三上本部長に、今、電話できいたことを、そのまま伝えた。

「これから、銚子警察署に、いってこようと思っています」

「しかし、くるなら、明日にしてくれと、いわれたんじゃないのか？」

「渡辺警部は、こちらが、依頼した仕事をやっていたのです。もし、それが原因で死んだとすれば、明日まで、待っているというわけにはいきません。すぐいきたいと、思います」

十津川は亀井刑事を連れて、すぐ、銚子に向かった。JR銚子駅までは電車でいき、駅からはタクシーを拾って、銚子警察署に向かった。

銚子警察署には、すでに、捜査本部が設置されていた。

ただ、そこには、刑事の姿は少なく、広田という中年の警部が、十津川を迎えた。

「みんな、現場にいってしまっています。私も、これから、現場の銚子漁港にいきますが、どうされますか、一緒にいかれますか？」

「よろしければ、私たちも同行させてください」

「わかりました。それでは、一緒にいきましょう」

現場に向かうパトカーのなかで、広田警部が、事件について、簡単に説明してくれた。

「昨夜の午後九時すぎ頃から、渡辺警部と連絡が、取れなくなっていたのです。心配をしていたところ、午前七時頃、銚子漁港の岸壁近くの海底に、沈んでいる渡辺警部の遺体が、発見されました。胸に二発、銃弾が撃ちこまれていました。それで、他殺と断定して、すぐに、捜査本部が設置されたのですが、今のところ、有力な、目撃情報は、ありません」

「銃が使われたのですか？」

「ええ、遺体から摘出された弾丸から見て、おそらく、トカレフが、使われたのだと思われます」

パトカーは、やがて、銚子漁港に着いた。

広い魚市場が併設されている。いつもなら、この時間は、仲買人たちが立ち働いているはずなのに、今日はセリもおこなわれていなくて、至って静かである。

ただ、県警の刑事たちが、忙しく動きながら、聞き込みをやっているのが見えた。

広田警部が、十津川たちを案内したのは、海に向かって突き出した岸壁のほうだった。岸壁には、ズラリと、漁船が並んで係留されている。ダイバーが三人ほど、潜水を、繰り返しているのが見えた。

岸壁の上から、何人かの県警の刑事たちが、覗《のぞ》きこんでいる。

十津川と亀井の乗ったパトカーは、岸壁の入口で停まった。三人が降りる。

「あのあたりに、渡辺警部の遺体が、沈んでいたのです。それで今、ダイバーに、港の底を、捜してもらっています。何か手がかりになるものが見つかればいいのですが、いまだ、何も見つかっていません」

と、広田が、いった。

渡辺警部の遺体は、すでに、司法解剖のために、千葉市内の、大学病院に運ばれていったという。

「向こうで、二発の弾丸が、摘出されたのです。かなりの至近距離から撃たれたと、医者は、いっています」

「渡辺警部は、前から、撃たれたんですか？　それとも、後ろから？」

「前からです」

「前から、至近距離で撃たれたんですね？」

十津川が、確認すると、広田が、大きくうなずいた。

後ろからではなく、前から撃たれたのなら、犯人は、渡辺警部の、身近にいる人間か、あるいは、彼が理由があって、相手に対して、警戒心を持たずに、会っていたのだろう。

その時、岸壁の上に、腹ばいになったり、しゃがみこんだりして、ダイバーの動きを見つめていた刑事たちの間から、小さな歓声が、起きた。

「どうした？　何か見つかったのか？」

広田警部が、大声で、きいた。

「拳銃です。凶器と思われる拳銃が、見つかりました」

刑事のひとりが叫ぶようにいった。

ダイバーがこちらに向かって拳銃を振りかざしている。ダイバーが、岸壁の近くまで泳いできて、手に持った拳銃を、さしあげた。

岸壁の上にいた刑事のひとりが、受け取り、広田警部のところまで持ってきた。

トカレフの自動拳銃だと、十津川には、すぐにわかった。漢字が刻印されているところを見ると、中国製だろうか？

拳銃を調べていた広田が、首をかしげて、

「弾丸が、まだ、二発残っていますね」

と、いった。

「それなのに、なぜ、捨ててしまったのでしょうかね？」

十津川にも、わからないことが、あった。

広田警部の話では、渡辺警部の遺体は、この銚子漁港に沈んでいたという。今、ダイバーのひとりが、同じ場所から、凶器とみられるトカレフを、見つけ出した。

もし、これが、渡辺警部殺しに使われたものだとすれば、死体と一緒に、凶器の拳銃を同じ銚子漁港に放りこんだことになる。

どうして、犯人は、そんなことをしたのか？

十津川には、その点が、どうしてもわからないのである。

その日の、午後六時から、捜査会議が、銚子警察署で開かれ、十津川と亀井の二人も同席した。

2

今回の事件を、担当することになった広田警部が、まず、渡辺警部殺しについて、説明した。

「亡くなった渡辺警部は、犬吠埼で起きた殺人事件を、担当していました。その渡辺警部が殺されたとなると、嫌でも、犬吠埼の殺人事件のことが考えられます。犯人は別人だとしても、二つの事件の間には、何らかの関連があるはずです。今も申しあげたように、渡辺警部は、過日、犬吠埼で起きた、殺人事件の捜査を、担当していました。昨日も当然、その捜査をしていたと、思うのですが、午後九時すぎから、渡辺警部と連絡が取れなくなりました。心配していたところ、今朝、午前七時頃、銚子漁港の岸壁の近くの海底に、遺体となって沈んでいるのが、発見され、銃弾を受けていたことから、殺人事件として捜査が開始されました。渡辺警部の遺体は、司法解剖のために、千葉市内の大学病院に運ばれましたが、ここに、司法解剖の結果がきています。それを読みます。死因は、胸に、銃弾二発を受け、そのうちの一発は心臓に命中、そのためのショック死だと、いうことです。死亡推定時刻は、昨夜の午後八時から九時の間、つまり、渡辺警部に連絡が取れなくなった頃には、すでに、死亡していたものと思われます。銚子漁港の遺体発見と同じ場所を、ダイバー三人を使って捜索していたところ、中国製と思われる拳銃、トカレフが発見されました。その拳銃の弾倉には、まだ二発の弾丸が、残っていました。ただちに調べた結果、渡辺警部は、発見された中国製の拳銃で、撃たれたことが判明しました。犬吠埼で起きた殺人事件、これは、ご存じのように、四月四日東京の本橋哲平という三十歳の私立探偵が、遺体で、発見された事件です。渡辺警部は、この事件を担当していましたから、今回の殺人事件と、私立探偵殺しとが、何らかの関係があることは、ほぼ間違いないと、思われます。この件については、警視庁の捜査一課と合同捜査をしており、警視庁で事件を担当されている十津川警部がちょうど、お見えになっているので、この事件について、警視庁が、どう考えているか話していただくことにします」

3

十津川が、広田に代わって、話すことになった。

「犬吠埼で起きた殺人事件については、今、広田警部がいわれたように、千葉県警と警視庁で合同捜査がおこなわれていますので、簡単に説明することにします。遺体で発見されたのは、東京の私立探偵、本橋哲平という三十歳の男です。彼は、犬吠埼にくる前、自分の預金を担保にして借りた四百万円と、消費者金融で借りた、六百万円の合計一千万円を投資して、この銚子で、何か儲《もう》け話にのろうとしていたと思われるふしが、あります。四月十一日になって、この本橋哲平に、六百万円を融資した、消費者金融の支店長、野崎康幸、五十歳が、帝国ホテルで、遺体となって発見されました。調べてみると、野崎康幸の勤めていた消費者金融では、五百万円以上は、支店長の決裁では、貸すことができないとわかりました。野崎は、自分のポケットマネーから、百万円を足して、六百万円を本橋哲平に貸していたのです。野崎康幸は、その金の用途を、本橋哲平にきいていて、儲かると思ったので、自分の金百万円をプラスして、本橋哲平に、貸したものと思われます。現在、この銚子と東京で、殺人事件が連続して起きていますが、この三件の殺人事件には、何らかの関連があると思っています。現在、いちばんの謎は、一千万円という大金を使って、本橋哲平が、この銚子で、いったい、何をしようとしていたのかということです。それが、わかれば、捜査はかなり進展するものと、期待しています。今回、亡くなった渡辺警部ですが、私の方からお願いして、銚子電鉄に絡んで、何か、問題が起きていないか？　特に、銚子電鉄の終点、外川駅周辺で、何か起きているのではないか？　それを調べて下さいとお願いしていたのです。なぜ、終点の外川を問題にするのかといいますと、東京で殺された消費者金融の支店長、野崎康幸は、殺される前に、ひとりで銚子電鉄に乗り、終点の外川までいったことがわかっているからです。もうひとつ、付け加えますと、これも、皆さんがご存じのことですが、四月三日、犬吠埼で本橋哲平という、私立探偵が殺された時、同じ銚子電鉄の車両に乗っていたR出版の女性カメラマンが、カメラを、奪い取られています。犯人は、本橋哲平だと、女性カメラマンは、証言していますが、殺された本橋哲平の周辺から、そのカメラは、発見されておりません。以上です」

4

翌日、司法解剖の終わった渡辺警部の遺体は遺族に戻され、千葉市内の、葬儀場で、茶毘《だび》に付されることになった。十津川と亀井も、参列した。

渡辺警部には、妻の博子がいた。

十津川は、彼女に、お悔やみをいってから、県警の刑事たちの後で、焼香した。

十津川と亀井が、東京に帰ったのは、その日の午後だった。

三上本部長に、報告をすませた後、十津川は亀井と二人、月刊誌「T&R（旅と鉄道）」を出しているR出版を訪ね、井畑徹と、岡本亜紀に会った。

「今回の事件を、担当していた渡辺警部が殺されたことは、知っていますか？」

十津川は、まず、きいた。

「ええ、テレビで、見ましたよ。ビックリしました。同じ犯人の仕業なんですか？」

若い編集者の井畑が、きく。

「同一犯でなくても、事件の間には、何らかの関連があることは、はっきりしています。もうひとつ、東京で殺された消費者金融の支店長の死にも、関係があるでしょう」

と、十津川が、いった。

井畑の横にいた、カメラマンの岡本亜紀は、

「私たちが取材した銚子電鉄というのは、殺人事件とは、縁のなさそうな、小さくて可愛らしい電車じゃありませんか？　それなのに、どうして、三人もの人間が、死ぬんですか？　私には、その点が、理解できません」

「それがわかれば、この殺人事件は、とっくに、解決していますよ」

十津川は、笑ってから、二人に向かって、

「盗まれたカメラは、まだ見つかりませんか？」

「ええ、見つかっていません。情報も全然なしです」

と、岡本亜紀が、いった。

「前におききした時には、同じ銚子電鉄の車内に、有名なカメラマンが乗っていた。そのカメラマンが、車内で撮った写真を、貸してもらおうと思っている。そんなふうにいっていましたね？」

「そうです。千頭明という有名なカメラマンが、乗っていたんです」

と、岡本亜紀が、いう。

「すぐ千頭さんのスタジオにいって交渉したんですけど、撮影で、旅にいってしまっているので、帰ってきてからという話に、なっています。今日が、千頭さんが、帰ってくる予定の日なんです。これから、四谷三丁目にある千頭さんのスタジオにいってこようと、思っているんです」

「そうですか。それでは、われわれも、お供しますよ」

十津川が、いった。

井畑徹も同行して、四人で、四谷三丁目のスタジオにいってみると、幸い、千頭明は帰ってきていた。

千頭明は、気難しい、芸術家肌の男ではなく、気さくな人物だった。ニコニコ笑いながら、井畑と、岡本亜紀に向かって、

「お話はきいていますよ。写真は、プリントして、用意しておきました」

二百枚近い写真を渡してくれた。

「ただ、これは私が、ある写真誌に、発表するものなので、その前に、別のところで発表されては、困るんですよ。絶対に、どこにも発表しない。その点だけは、守って

いただきたい」

と、クギを刺した。

井畑と岡本亜紀に代わって、十津川が、

「殺人事件の解明には、使いますが、それ以外では、使いません」

と、約束した。

「お願いしますよ」

千頭は、今度は、十津川に向かって、

「それにしても、どうして、銚子電鉄を巡って、三人も死ぬんですかね？」

「それは、まだ、わかっていません」

「しかし、今度は、千葉県警の、刑事さんまで殺されてしまったんでしょう？　あんな可愛らしい、オモチャのような鉄道を巡って、どうして、殺人事件が、連続するのか、わかりませんね」

「別に、あの銚子電鉄のせいで、殺人事件が起きているわけではありません。おそらく、銚子電鉄、いや、銚子の周辺で、何か企んでいる人間がいて、それに便乗して金儲けを企んでいる人間がいて、そうした人間たちのせいで、殺人事件が起きていると考えているんですが」

「しかし、警部さん」

と、千頭が、いった。

「私は、あの日と、その翌日、カメラを持って、銚子の周辺を、歩き回ってみたのですがね、海はきれいだし、人は親切だし、殺人事件が起きそうな匂いは、どこにも、ありませんでしたよ」

「私も、銚子にいっていますから、どんなに、素晴らしいところかは、よく知っています。しかし、人間は、平気で、そんな美しい景色や人情を、金儲けと殺人で、汚してしまうんですよ」

十津川たちは、千頭明から借りたデータと写真、全部で、百九十二枚を、まず、R出版に持ち帰った。

その写真を見て、四月三日、同じ電車に乗っていた井畑と、岡本亜紀から話をきいたほうが、事件の解明には、役立つだろうと思ったからである。

雑誌「T&R（旅と鉄道）」の編集部の壁に、持ち帰った百九十二枚の写真を、順番に並べて貼っていった。

その百九十二枚の写真は、銚子への旅というタイトルで、撮られたものだった。

東京駅を「しおさい7号」で出発するところから始まって、銚子電鉄の一両編成の車体や、車内の様子、さらに、犬吠駅をはじめとするすべての駅の写真が、撮られていたのは、千頭明が、各駅に降りて撮ったものだろう。

「どうですか、同じような写真がありますか？」

十津川が、岡本亜紀に、きいた。

「そうですね。私が、撮ったところは、ほとんど全部撮ってありますね。でも、トリミングが私より、ずっと、うまいです。脱帽です」

「やっぱり、本橋哲平は、写っていませんね」

たしかに、千頭明が撮った百九十二枚のなかには、犬吠埼で殺された、本橋哲平は、一枚も写っていなかった。

岡本亜紀がいったように、本橋哲平は、彼女と千頭明のカメラから、顔や体を、隠していたのだろう。

「俺たちも写っているよ」

井畑が、苦笑した。

たしかに、五枚ばかり、二人が写った写真がある。カメラを持って、車内の様子を撮影していた岡本亜紀は、千頭明の眼には、格好の被写体だったのだろう。

十津川と亀井は、壁全体に貼られた写真を、一枚ずつ、丁寧に見ていった。捜査の参考になるような写真がないかどうか、それを、調べるためだった。

全部の写真を見終わったところで、亀井が、小さく、タメ息をついた。

「ありませんね。捜査に役立ちそうな写真はゼロですよ」

たしかに、亀井のいうとおりだった。事件を予感させるような写真は、一枚もない。第一、殺された本橋哲平が、どこにも、写っていないのだ。

「岡本さん、あなたに、お願いしたいことがある」

十津川が、岡本亜紀に、いった。

「何でしょう？」

「この百九十二枚の写真のなかに、あなたが撮った写真と、同じような角度で撮られたものがあれば、印をつけてもらいたいんですよ。あなたは、何枚ぐらい、写真を、撮ったんですか？」

「カメラを奪われる前に、たしか、八十枚ぐらい撮ったはずです」

「では、写真に印をつけていってください。あなたが、撮らなかったような角度の写真は、必要ありません」

十津川は、念を入れた。

犬吠駅で降りる時、岡本亜紀は、殺された本橋哲平と、思われる男によって、カメラを奪われている。亜紀の撮った写真が公表されると困るので、本橋哲平が、カメラごと、奪ったのだろうと思われている。

もし、この百九十二枚の写真のなかに、本橋哲平を、警戒させるようなものがあったとすれば、同じ写真を、亜紀が、自分のカメラで撮った可能性が高い。

今度は、亜紀が入念に、写真を一枚一枚、見ていった。

少なくとも、二回は見直して、ラインマーカーで印をつけていく。

一時間近くもかかって、亜紀は、チェックし終わった。

亜紀が印をつけた写真は、百九十二枚のうちの、三十六枚だった。それを、ここでプリントしてもらい、その三十六枚を持って、十津川と亀井は、捜査本部に戻った。

5

今度は、捜査本部の壁に、三十六枚の写真が、ズラリと貼られることになった。

十津川は、刑事たちを集めて、壁に貼られた写真の説明をした。

「今回の一連の殺人事件の始まりは、四月三日に犬吠埼で起きたといったらいいのか、銚子電鉄のなかで起きたというべきなのか。殺された私立探偵の本橋哲平は、殺される前に、R出版のカメラマン、岡本亜紀のカメラを奪い取っている。彼女に、困るような写真を、撮られてしまったので、カメラごと奪ったと考えられている。ここに、貼り出した三十六枚の写真は、同じ銚子電鉄の電車内で、有名なカメラマン、千頭明が撮った写真だ。彼は、二百枚近い写真を撮っているのだが、そのなかから、岡本亜紀が、自分で撮った写真と似ていると思われるものを選んで、ここに持ってきた。全部で、三十六枚ある。岡本亜紀は、自分のカメラで、これに近い写真を撮った。角度などは、違っているだろうが、この写真のなかに、本橋哲平が、岡本亜紀のカメラを、奪い取る原因になった写真があるのではないか。それをみんなで話し合って、これはという写真を、決めたいんだよ。それが、決められれば、捜査は、間違いなく進展する。ちょっとおかしな写真とか、あるいは、危険なものが、写っているとか、そういう写真があったら、それを、選んで、私に、教えてくれ」

6

今度は、二十人の刑事たちが、三十六枚の写真を念入りに見て、これはと思う写真をチェックすることに、なった。

どの刑事も、当惑した顔に、なっていた。

何か怪しい感じの写真を選んでくれと、十津川は、いったが、そういう曖昧《あいまい》なことが、いちばん難しいのだということは、十津川自身にも、よくわかっていた。

だから、刑事たちも、迷っている。

結局、刑事たちは、これはという写真を、選ぶことができなかった。十津川も同様だった。

十津川は、写真を見ながら、こんなことを考えていたのである。

千頭明が、銚子電鉄の電車に乗っていて、車窓の写真を、撮っている。その写真のなかに、本橋哲平に融資をした消費者金融マイホームの看板でも写っていたのではないのか？

本橋哲平は、その写真から、自分が、消費者金融から借りたこと、さらに銚子にいって、何か金儲けを考えていることなどが、明らかになることを恐れて、岡本亜紀のカメラを奪い取ったのではないかと、そんなことを、考えていたのである。

千頭明の写真には、車内の乗客を、写した写真もあったし、移り変わる車窓の景色を、収めた写真もあった。しかし、消費者金融マイホームの看板が写っている写真は、一枚もなかった。

結局、十津川も亀井も、三十六枚の写真のなかから、これはと思う写真を、見つけ出すことはできなかった。

7

翌日、千葉県警から、渡辺警部を射殺したと思われる拳銃、中国製のトカレフ自動拳銃が、送られてきた。

東京の科捜研で、この拳銃の経歴を調べてもらいたいといって、送ってきたのである。

この拳銃が、過去にどんな事件に使われたのか？　また、入手ルートはどうなのか？　そういうことを、東京で、調べてほしい。

それが、千葉県警の要請だった。

十津川が、科捜研に送る手続きを、取っているところに、捜査四課の中村警部が入ってきた。中村と十津川は、同期である。

千葉県警から、今回の事件に、使用されたトカレフ自動拳銃が、送られてきたときいて、捜査四課の中村が見にきたのである。

捜査四課は、暴力団関係の事件を捜査しているから、中村は、自分が担当している暴力団が使ったことのあるトカレフではないか？　そう考えて、見にきたのである。

中村は、手袋をした手で、問題のトカレフを触りながら、

「これが、千葉県警の警部を殺した拳銃なのか？」

「そうだ。二発、胸に命中している」

十津川は、いい、続けて、中村に、

「君のほうで捜査をしている事件に、関係がありそうか？」

「いや、現時点でそういう事件は起きていないよ。まあ、トカレフという拳銃は、値段が安いわりに、威力が強いから、これを使う暴力団は多いけどね」

中村が、いった。

その後で、中村は、捜査本部の壁に貼られた三十六枚の写真を見て、

「何だい、これは？　観光案内か？」

「今、こっちで、調べている殺人事件と関係のありそうな写真なんだ。だが、これはと思う写真がないんだ」

「これ、ぬれ煎餅で有名な、銚子電鉄だろう？」

中村は、そんなことをいいながら、一枚ずつ写真を見ていたが、突然、

「あれ？」

　と、いった。

「どうしたんだ？」

　十津川が、きく。

　中村は、三十六枚のなかの一枚をはがして、十津川の机の上に、置いた。

「この写真だよ」

「この写真が、どうしたんだ？」

　それは、銚子電鉄の車内を写した一枚である。

　四月三日、電車内は、観光客でかなり混雑していた。だから、その写真にも、何人もの乗客が写っているが、肝心の本橋哲平が写っていなかったし「T&R（旅と鉄道）」の編集者、井畑徹と、カメラマンの岡本亜紀も、写っていない。

「この男なんだ」

　中村は、何人もの人物の後ろのほうに、小さく写っている、野球帽の男を指さした。

　ジャイアンツのマークの入った野球帽と、ジャンパーという、ありふれた格好をした、いかにも観光客といった感じの男である。

「その男が、どうかしたのか？」

「こんなラフな格好をしているが、間違いなく、これは暴力団員だ。K組の幹部、小野寺一郎だよ」

「あのK組か？」

「ああ、そうだ」

「K組の幹部というのは、本当か？」

「ああ、本当だ。いつもは、パリッとした、黒いスーツなんかを、着ているんだが、こんな格好をすることもあるんだ。びっくりしたよ」

「小野寺一郎という男は、K組で、いったい、どんなことを、やっているんだ？」

「これからは、暴力団も、暴力で儲けるよりも商売で儲けたほうがいいというので、小野寺一郎は、会社を作ったりして、金儲けに励んでいるよ。いわゆる企業舎弟というやつだ」

「じゃあ、今、彼は、どんなことをして、儲けているんだ？」

「そこまでは、知らない。最近、小野寺一郎が、話題になったことは、ないからね。それにしても、銚子電鉄なんかに乗って、どこにいくつもりなんだ？　銚子が、小野寺の故郷なのかな？」

中村警部が、首をかしげている。

「申しわけないが、小野寺一郎について、至急調べてみてくれないか？　どういう人物で、今、どんなことを、しているのか、それが知りたいんだ」

強い口調で、十津川は、中村警部に、頼んだ。

8

三十分後、中村警部は、K組の幹部の小野寺一郎について、写真入りの報告書を、十津川に届けてくれた。

その写真を見ると、中村がいったように、小野寺は、黒の背広を、きちっと着てネクタイを締め、一見、実業家という感じに見える男だった。

報告書には、次のように、書かれている。

〈小野寺一郎、四十一歳、K組幹部。

仙台のサラリーマンの家に生まれる。地元の高校を卒業した後に上京し、国立大学の経済学部に入学。

卒業後、一流企業に勤務するが、傷害事件を起こしたために、懲戒免職になり、その後、傷害事件の時に知り合った男の紹介で、K組に入り、主として、組の経済部門を担当。企業舎弟として、大きな利益をあげ、組長の信頼を得る。

今から五年前、組の幹部に昇格。

幹部に昇格した直後、政財界の絡んだ巨額詐欺事件が発生。二百億円近い金が動いたといわれ、その裏に、K組の関与が噂《うわさ》され、警察は、K組の組長を逮捕しようとしたが、小野寺一郎が自首して、すべて自分が計画して実行したと供述、二年間の、刑務所暮らしを送った。

出所後は、以前と同じように、K組の幹部に収まっているが、現在、小野寺がどんな仕事をしているのかは、はっきりしない。

しかし、四月三日の、銚子電鉄に、ラフな格好で乗っていたところを見ると、銚子の周辺で、何か事件を起こそうとしたか、事業を興そうとしているのかもしれない。

その点について、一応調べてみたが、詳細は不明である〉

これが、捜査四課、中村警部からの報告書だった。

9

この日、もう一度、捜査会議が開かれ、十津川が、三十六枚の写真のなかの一枚について、三上本部長に、説明した。

「この三十六枚の写真は、四月三日、最初の殺人事件の前日に、銚子電鉄に、乗っていたカメラマン、千頭明が撮ったものです。これに近いものを、R出版のカメラマン、岡本亜紀が、撮ったといっております。彼女は、犬吠埼で、殺された本橋哲平に、カメラを奪い取られたと証言しています。犬吠埼で本橋哲平が、殺されたことが一連の事件の発端《ほったん》とすれば、この写真は、第一の殺人事件に絡んで、撮られたものだと思わざるを得ません。また、写真のなかに、暴力団K組の幹部、小野寺一郎が写っていることを、捜査四課の中村警部が、見つけてくれました」

「小野寺という男は、本当に、事件に絡んでいるのかね？」

「今のところ、この小野寺一郎が、事件に絡んでいるかどうかは、わかりません。しかし、今回、銚子漁港で遺体で発見された、渡辺警部のことを考えますと、犯人が使った拳銃は、トカレフ自動拳銃で、暴力団が、よく使う拳銃です。そう考えると、小野寺一郎が、今回の一連の殺人事件に、関係していることは、充分に考えられます。K組に、電話をしてきいてみたら、小野寺一郎は、彼の方から組を辞《や》めたいとの申し入れがあり、現在、組から除名されている。そういわれました。これも、本当か嘘《うそ》かは、わかりません。小野寺一郎についての、捜査四課の中村警部からの報告書をコピーして配りますから、諸君は、後でよく読んでいただきたい。小野寺一郎は、現在、何も、やっていないように、書かれていますが、四月三日、彼が、いつもの背広姿ではなくて、ジャンパーに野球帽をかぶって、銚子電鉄に乗っていたことは、間違いないのです。勘ぐれば、この男が事件に関係しているということも、大いにあり得ます」

「小野寺一郎が、銚子で何を企んでいるのか？　また、いったい、何をしようとしているのか？　その見当は、ついたのかね？」

三上が、十津川に、きく。

「残念ながら、まだ何もわかっていません。何しろ、三十六枚の写真のなかから、この写真を、選ぶことができたのは、たまたま、捜査四課の中村警部が、こちらにきて、壁に貼ってあった写真を見ていて、そのなかに、K組の幹部である小野寺一郎が写っていることに気がついたからなのです。それまで、何回写真を見ても、わかりませんでした」

「これからの、捜査方針だが、君は、捜査を、どう進めていけばいいと思っているのかね？」

「私は、この報告書を持って、もう一度、銚子にいき、千葉県警と話し合おうと思っています」

10

翌日、十津川は亀井と二人、再度、銚子警察署に、足を運んだ。

十津川が持参した写真は、事件を担当している広田警部たちに、ショックを与えた。

中村警部の書いた報告書は、ただちに、コピーして、捜査員たちに配られた。

ただ、十津川は、慎重に、

「K組幹部の小野寺一郎が、今回の一連の事件に、関係しているかどうかは、まだわかっていないのです」

「そのK組ですが」

広田警部が、きく。

「以前、抗争か何かあった時、トカレフを使ったことがあるのですか？」

「その点も、調べてきました。K組が絡んだ抗争事件は、ここ二年間だけでも、五件ありますが、そのうちの二件で、トカレフが、使われています」

「私のほうから、十津川さんに質問があります」

広田警部が、いう。

「どんなことですか？」

「亡くなった渡辺警部のことですが、警視庁の要請で、銚子電鉄のことを、調べていた。終点の外川駅の周辺について、調べてほしいといった。たしか、十津川さんは、そう、いわれましたよね？」

「そうです。東京で殺された消費者金融の野崎支店長が、銚子電鉄で、終点の外川までいっていますから」

「しかし、渡辺警部は、銚子漁港で、死んでいたんですよ。外川ではありません」

「それは、もちろん、わかっていますが、私は、終点の外川という駅や、場所が気になっているんです。なぜ、消費者金融の野崎支店長が、わざわざ、終点の、外川までいったのか？」

「外川というところは、何もないところですよ」

広田が、いう。

それでも、十津川は、亀井と、銚子電鉄の終点、外川に、いってみるつもりでいた。

その日、十津川は、旅館をとり、翌朝早く朝食をすませると、わざと始発駅の銚子駅から、終点の外川駅まで、銚子電鉄に乗ってみることにした。

今日も一両編成である。そして、観光客がたくさん、乗っていた。

「わざわざ、終点の外川駅までいって、警部は、何が見つかると、期待していらっしゃるのですか？」

亀井が、きいた。

「私にもわからない。しかし、東京で殺された消費者金融の野崎支店長は、わざわざ終点の外川にいったんだ。何かあるから、いったんだよ」

消費者金融の野崎支店長が外川までいった理由が、いったい、何だったのか。終点の外川までいって、果たして、何か、わかるのだろうか？　十津川にも、自信がない。

ツートンカラーに塗られた銚子電鉄の電車は、のんびりと走っていく。

犬吠駅に着くと、乗客が、ドッと降りて、車内に残ったのは、四、五人だけだった。

終点の外川に着いた。

十津川たちは、電車を降りる。

小さな古びた駅である。以前は、漁業の町としてかなり栄え、駅にも、多くの人が集まったらしいが、今はまったく、その頃の賑《にぎ》わいは感じられない。それよりも、駅自体のアンティークさの方が楽しい。

十津川たちと一緒に電車を降りた二十代の若者が、盛んに、駅舎のなかや、駅の外を写真に撮っている。

駅には、手書きの時刻表があったりして、そのアンティークな面白さを、若者たちが喜んで写真に収めているのである。

降りて少し歩くと、外川漁港に着く。

船が何隻も並んでいたが、今は、漁港としては、ほとんど役に立たず、係留されている船は、ほとんどが釣り船で、週末になると、釣りを楽しみにやってくる客が、多いという。

しかし、今日はウィークデイなので、漁港も、近くにあるマリーナも、ひっそりとして、静かである。銚子漁港のような活気がない。

外川駅には、嘱託の駅員がいて、話をきくと、

「この外川漁港は、江戸時代には、栄えていて、大変、賑やかだったそうですよ。今はすっかり寂《さび》れてしまって、ひっそりとしていますがね」

と、いって、笑った。

「ここの売りは、アンティークな駅と、釣り船ですか？」

亀井が、きく。

「ええ、そうです。それ以外には、何もありません」

「でも、アンティークな駅と釣り船だけでは、そんなに儲かりませんよね？」

冷静な口調で、亀井が、十津川に、いった。

ひとつ手前の犬吠駅と外川駅とでは、一日の乗降客の数が、大幅に、違う。その数字を見ただけでも、暴力団は、外川は、儲からないから、ここで、何かしようとは、思わないだろう。

それでも、十津川は、持ってきた、小野寺一郎の写真を、駅員や外川漁港の人たちに、見せて回った。

「最近、この男を、見かけませんでしたか？」

と、十津川は、そういってきいて回ったのだが、この男を、目撃したと証言する人間はいなかった。

それでも、十津川は、諦《あきら》めなかった。携帯電話を取り出すと、銚子警察署にいる広田警部に、電話をかけた。

「今、銚子電鉄の終点、外川にきています。亡くなった、渡辺警部ですが、亡くなる前日か、あるいは、前々日あたりに、この外川に、きたということはありませんか？」

「ここ一週間の、渡辺警部の行動を調べているのですが、たしかに、終点の外川まで、死体発見の二日前に、いったことがわかりました。駅に、嘱託の、駅員がいるでしょう？　その駅員が、証言してくれたんですよ。渡辺警部は、終点の外川で、降りたという、証言です。ただし、彼が、外川で、何を調べていたのかは、わかりません」

広田警部が、教えてくれた。

十津川は、もう一度、外川駅に戻り、嘱託の駅員を、捕まえた。

「千葉県警の渡辺警部のことは、知っていますよね？　先日、銚子漁港で遺体となって発見されたんですが、その前々日に、この駅で降りたそうですね？」

「ええ、降りましたよ。だから、警察の質問には、ちゃんと、そのように、答えました」

「渡辺警部は、何時頃、この外川の駅に降りたのですか？」

十津川が、きくと、嘱託の駅員は、少し考えてから、

「たしか、お昼すぎでしたね。あの時、ここで降りたのは、渡辺警部を入れて、三人

だけでした」

「その時、渡辺警部と、何か話をしましたか？　あるいは、何かきかれませんでしたか？」

「そうですね、最近、何か変わったことはないかと、きかれました」

「それで、何と、答えたのですか？」

十津川が、きくと、駅員は、笑って、

「ご覧のように、ここは、古臭くて、小さな駅なんです。降りるお客さんだって、毎日そんなに多くは、ありません。そんな駅に、最近、何か、変わったことなんて、あるわけが、ないじゃないですか？　ですから、変わったことは、何ひとつありませんよと答えておきました」

「そうしたら、渡辺警部は、どういう、反応を見せましたか？」

「そうですね、ちょっと、ガッカリされたようでしたね。駅じゃないんだ。外川の町なんだ。そんなことを呟《つぶや》きながら、駅を出ていかれましたけど」

と、駅員が、いった。

「それで、渡辺警部は、帰りは、何時頃の電車に、乗ったんですか？」

「あの時は、もう、夜になっていましたね。おそらく、最終電車に、近かったんじゃないですか？」

「その時も、ひとりで？」

「ええ、もちろん。あまりにも、疲れた表情をされていたので、思わず、ご苦労様ですと、声をかけてしまいました」

「もう一度確認しますが、渡辺警部がきたのは、お昼すぎですよね？　その正確な時刻は、何時頃ですか？」

「一時少し前だったと、記憶していますが」

「帰りの電車に、乗ったのは、夜遅くだった。最終電車の一本前あたりの、電車だった。これも、間違いありませんね？」

「ええ、間違いありません。でも、それがどうかしたのですか？」

「いえ、別に、どうもしませんよ。何でもありません」

十津川は、はぐらかすように、いった。

駅員と別れた後で、亀井が、不思議そうに、十津川にきいた。

「警部は、どうして、渡辺警部が外川にきた時間や、帰りに乗った電車の時間にこだわったんですか？」

「渡辺警部は、殺される二日前に、銚子電鉄に乗って、この外川にきている。これは、間違いない。ただ、外川にきて、どうしたのかが、わからない。だから、この外川に、何時間いたのかを、是非とも知りたかったんだ。駅員の話を信じれば、午後一時から、夜の九時頃までいたことになる。ということは、渡辺警部が、ここにいたのは、八時間だ。八時間あれば、どこを、どう調べられるか、いや、どこを、どう調べたのか、気になってくるじゃないか？　ひょっとすると、それこそが、彼が、殺されることになった理由かもしれない」

「しかし、こうやって、見たところでは、この外川の町には、これといって、調べなければならないようなところは、ないような気がしますが」

「そうかも、しれないが、それでも、渡辺警部は、八時間もここにいたんだ。それは、間違いないんだ」

十津川は、その八時間という時間に、あくまでも固執していた。

第五章　不審船

1

　十津川と亀井は、さらに、一時間かけて、外川の町のなかを、あちこち歩き回ったが、これはというものは、発見できなかった。

　外川は、以前は漁港として大いに栄えた漁師町というが、今は静まり返り、そこに、繋《つな》がれている船も、そのほとんどが、釣り客用の小さな釣り船である。

　少し離れたところに、マリーナがあることはあるが、そこもさして、活気があるというわけではない。人間も活気も、今はすべて、銚子漁港のほうに、奪われてしまっている。

　それにもかかわらず、渡辺警部は、何かを調べるために、この外川にやってきて、八時間にわたって、この町を歩き回っていた。その挙句に、拳銃で撃たれて、銚子漁港の海底に沈められていたのである。

また、東京のホテルで、殺された消費者金融の支店長、野崎康幸も、死ぬ前になぜか、銚子電鉄に乗って、終点の外川駅にきていた。

「この町には、絶対に、何かあるはずなんだ。しかし、それがわからない」

十津川は、少しばかり、いらついていた。

「しかし、警部、今のところ、何もありませんよ。東京の暴力団K組の幹部、小野寺一郎のことが、あったので、私も、いろいろと、注意して見ているんですが、K組の事務所が、この町にある気配も、ありません」

「私も、今回の事件には、東京の、K組の幹部が絡んでいるようなので、注意して歩いていたのだが、カメさんのいうとおり、この静かな外川の町にはK組の事務所もないし、秘密の賭場《とば》があるようにも、思えない。そうなると、今のままのこの町で、誰かが金儲けを考え、殺された、本橋哲平や野崎康幸、そして、小野寺一郎が、ここにやってきて、それを、捜査しに、県警の渡辺警部も、ここに、やってきたんだ。彼は、何かを見つけた。だから、渡辺警部は、殺されてしまった。そう、考えるより仕方がない」

「しかし、ここは、活気のない漁港で、係留されている船は、たいていが釣り船、それに、あまり華やかな感じのしないマリーナがあるだけですよ。金儲けがしたい男たちを、呼び寄せるようなものが何かあるんでしょうか？　私には、そんなものが、あるとは、到底思えないのですが」

「カメさん、もう一度、マリーナに、いってみよう」

急に、十津川が、自らを元気づけるように、大きな声で、いった。

「マリーナに、何かあるんですか？」

「実は、さっきあそこにいった時、ひとつだけ、気になったことが、あったんだ」

すでに、十津川はもう歩き出していた。

周囲は暗くなっている。明かりをつけた車が、ほとんど、走っていないので、町全体が寂しく、暗い。

問題のマリーナが、見えてきた。

三浦海岸や、湘南《しょうなん》の葉山にあるようなマリーナを見慣れた目には、小さく、寂しく映るマリーナである。今も五隻のヨットと、小さなモーターボートが、波に揺られているだけである。

亀井には、十津川が、気になったといったものが何なのか、わからない。

「警部は、何が気になっていらっしゃるのですか？」

亀井が、もう一度、きくと、

「マリーナの向こうの端に、かなり長い桟橋がある」

歩きながら、十津川が、いった。

「ええ、たしかに、長い桟橋は、ありましたが、あそこには、船は、一隻も、係留されていませんでしたよ」

「そうだ、一隻も、係留されてなかった。それなのに、あの桟橋の入口には、人が入れないように、鍵《かぎ》がかかっていた」

「それは、無断で立ち入る者がいては困るから、鍵をかけているんじゃありませんか？」

「しかし、こちらに、五隻のヨットとモーターボートが、繋いであるだろう？　そこにいく桟橋には、鍵なんか、かかっていないんだ。何となく、おかしくないか？」

「たしかに、おかしいといえば、おかしいですが」

亀井は、うなずきはしたものの、そのことをあまり、重要視していなかった。

ほとんど使っていない桟橋だから、鍵がかかっていたり、かかっていなかったりするのだろうと、そんなふうにしか、感じなかったのだ。

「それからもうひとつ、向こうの桟橋で気になったのは、陸地から、水道のホースが、桟橋の先端まで伸びていて、その先端には、放水用のノズルがついていた。おそらく、あの水道のホースは、いつでも、使用できるようになっているんだよ。それから、桟橋の手前のところに、小さな物置があって、そのなかには、手押し車が二台、格納されている」

「たしかに、警部のいわれるとおりですね。水道のホースもついているし、手押し車も二台、物置に、入っています」

「つまり、あの桟橋は、今も、時々、使用されていて、その時には、手押し車や水道のホースが必要になるんだよ」

「しかし、それに、意味があるんでしょうか？」

「意味があるのか、ないのか、それを知りたいんだよ」

「しかし、マリーナには、誰もいませんよ。五隻係留されているヨットとモーターボートにも、明かりがついて、いませんし、管理事務所もあるにはありますが、そこにも、明かりがついていませんから」

十津川は、構わずに、その管理事務所に、向かって歩いていった。

小さなマリーナにふさわしい、こちらも、小さなプレハブである。たぶん、管理人は、ひとりしかいないだろう。

明かりは、消えていたが、そこには、連絡先が書いてあった。

十津川は、携帯で、その電話番号にかけてみた。

「こちらは、外川マリーナの管理事務所ですが」

男の声が、きこえた。

「私は、警視庁捜査一課の、十津川という刑事ですが、あなたのお名前を、教えていただけませんか？」

「中山と申します」

男の声が、急に、丁寧になった。

「あなたにお会いして、お話をおききしたいことがあるのですが、今、どちらにいらっしゃいますか？　こちらは今、マリーナにきているのですが」

「何か、急用ですか？」

「ぜひ、お会いして、あなたに、お話をおききしたいことが、あるんですよ」

「わかりました。それなら、銚子電鉄の外川の駅まで、きてくださいませんか？　駅の近くに住んでいるので、今から駅にいきます」

2

やってきたのは、六十過ぎに見える小柄な男だった。

真っ黒に日に焼けているので、きいてみると、五年前まで漁師をやっていたが、仕事が辛《つら》いし、あまり儲《もう》からないので、マリーナの、管理人になったのだという。

「マリーナの端にある桟橋ですが」

「桟橋？」

「ええ、そうです、入口に、鍵のかかっている桟橋がありますが、あの桟橋は、今、誰かが、使っているのですか？」

「ああ、あの桟橋でしたら、H観光という東京の観光会社が、借りているはずです」

「観光会社ですか？」

「ええ、そうきいております」

「そうすると、何回か、船が、あの桟橋に着いたことが、あるんですね？」

「私が知っている限りでは、たしか、三回か四回、着いていますよ」

「どんな船ですか？」

「そうですね、かなり、大きな船ですね。客船というよりも、私には、貨物船のように、見えましたね」

「何日くらい、そこに、停泊しているんですか？」

「一回くると、だいたい、三日か、四日くらいは、停まっていますよ。おかしなことに、お客さんの姿を見たことは、一度もないんですよ」

「その船には、お客は、ひとりも、乗っていないんですか？」

「いや、もしかしたら、乗っているのかもしれませんけど、私は、お客さんが乗り降りするところを一度も見たことがなくて、だから、たぶん、あれは、客船ではなくて、貨物船なんじゃないのかと思っているんです」

「ここでは、何を積んでいくんですか？」

「それがですね、まったく、わからんのですよ。積み下ろしの作業は、いつも、夜中にやっているようでしてね。私は、午後五時を過ぎると、事務所を閉めて、帰ってしまうので、その船が、どんな荷物を持ってきて、そして、どんな荷物を積んでいくのかは、今までに、一度も見たことがありません。だから、わからんのですよ」

中山が、いった。

十津川は、その船のスケッチを、中山に頼んだ。

十津川が、ボールペンを渡すと、中山は、笑いながら、

「私は、絵が、あまり、得意なほうではありませんけど、まあ、ひとつ頑張って、描いてみましょう」

と、いい、駅の明かりの下で、苦労しながら、何回か目撃したという船を、描いてくれた。

たしかに、上手《うま》い絵では、なかったが、それでも、船の外観から、客船というよりも、貨物船であることはよくわかった。

十津川は、もう一度、確認するように、

「あの桟橋を、借りているのは、東京に本社のあるH観光という会社なんですね？　それに間違いありませんね？」

「そうきいています」

「H貨物じゃないの？」

横から、亀井が、きいた。

「そうじゃありませんよ。H観光です」

と、中山が、いう。

荷物の積み下ろしをする船であっても、別に、そのこと自体は、違反ではない。そ

れなのに、なぜ、H観光という会社名になっているのだろうか？

「警部、その船は、ひょっとすると、貨客船ではありませんか？」

亀井が、いった。

「貨客船？」

「ええ、そうです。荷物と、お客の両方を運ぶ船です。この外川にくる船便が少ないので、それで、船を貨客船にして、荷物と観光客の両方を乗せているのではありませんか？　それだったら、社名が、観光でもおかしくありません」

「どうなんですか？」

十津川は、中山に、きいた。

「今もいったように、作業は深夜にやるようなので、私は、昼間しか見ていないのですが、お客さんが乗っているような様子は、まったくありませんね」

「H観光の船ですが、今年になってから、あの桟橋を、借りるようになったのですか？」

「ええ、そうです。私は三年前から、今の仕事を、やっていますが、あの桟橋をH観光が使うようになったのは、今年になってからです」

十津川は、東京の捜査本部に電話をかけ、西本刑事を呼び出すと、大至急、H観光という会社について調べて、報告してくれるように頼んだ。

「私と亀井刑事は、もう一日、こちらにいるから、もし、何か、わかったら、すぐに連絡してくれ」

十津川と亀井は、いったん銚子警察署に戻った。

銚子警察署には、捜査本部が置かれ、殺された渡辺警部に代わって、広田警部が捜査の指揮を、執っていた。

その広田に、十津川は、外川マリーナで気がついたことを、そのまま、伝えてから、

「亡くなった渡辺警部から、あの桟橋のことをきいたことは、ありませんか？」

「いや、ありませんね。もし、あったら、私が、調べにいっています」

「しかし、亡くなる二日前に、渡辺警部は、わざわざ、銚子電鉄終点の外川にいっているわけでしょう？」

「ええ、ちょっと、調べたいことがあるので、外川にいってくると、きいたのですが、その後で、彼と連絡が取れなくなってしまったんですよ」

渡辺警部は、四月の十五日、銚子漁港の海底に沈んでいるのが発見された。

その二日前というと、四月の十三日である。その日に、渡辺警部はひとりで、銚子電鉄の終点、外川にいった。外川駅の駅員が、渡辺警部のことを、目撃して覚えてい

たから、間違いない。

そのあと、最終電車の前、午後九時頃の電車に乗って帰っていったと、駅員は、いっていた。

その後、渡辺警部は、自宅にも、捜査本部にも、姿を見せていないことになる。とすると、渡辺警部は、帰りの電車を、途中で降りて、もう一度、外川に、引き返したのではないだろうか？

「今年になってから、外川の町か、あるいは、外川マリーナで、何か、事件は起きていませんか？」

十津川は、改めて、広田警部に、きいてみた。

「おい、最近、外川で、何かあったか？」

広田が大声で、周りの刑事たちに、きく。

刑事たちは、しばらく考えていたが、ひとりの若い刑事が、

「そういえば、喧嘩《けんか》が、あったじゃありませんか、二月の末に。別に珍しいことではありませんが」

と、いった。

「どんな喧嘩ですか？」

「よくある、酔っぱらい同士の、喧嘩ですよ。どちらも、大怪我をしたわけではないので、逮捕はしていません」

「その喧嘩のことを、もっと詳しく、知りたいですね」

十津川が、いうと、その若い刑事は、

「今もいったように、ただの酔っ払い同士の喧嘩ですよ」

「それでもいいのです。詳しいことがわかりませんか？」

「たしか、ひとりから調書をとったので、調べてみますよ」

その刑事がどこかに姿を消してから、十分ほどして戻ってきて、調書を、十津川に渡してくれた。

二月二十七日深夜、外川マリーナで男性二人による喧嘩があり、ひとりが海に投げこまれて、危うく救助される。名前は、安藤健太、二十一歳。住所、東京都足立区北千住××町×丁目。

（東京の人間か。地元の人間じゃなかったんだ）

「海に投げこまれたのが安藤健太という若い男だということはわかりましたが、その安藤を海に投げこんだ男の名前は、わかりませんか？」

「いや、それがですね、この安藤健太というのは、ひじょうに、口の堅い男で、喧嘩をしたことは認めたのですが、自分を海に投げこんだ男のことは、頑として、教えなかったんですよ。別に殺人事件ではないし、この男も一時間ほど、安静にしていたら、すぐに、元気になりましたから、それ以上、追及しなかったのです」

「安藤健太という、二十一歳の男は、地元の人間ではなく、東京の北千住に住んでいる人間ですよね？　その安藤健太が、なぜ、外川にいたのか、わかっているんですか？」

「その点は、本人に確認しました。すると、ひとりで、銚子にやってきて、何となく、銚子電鉄に乗って、終点の外川まできて、そこで飲み屋に入って酒を飲み、酔っ払って港を歩いていたら、ぶつかってきた男がいて、その男と喧嘩になり、海に投げこまれた。だから、その男の名前は、知らないし、顔も覚えていない。安藤は、そういっているんです」

「この安藤健太の住所は、間違いありませんね？」

「ええ、たしか、運転免許証から、写したのですから、間違いありませんよ。これはあくまでも、単なる、酒に酔った上での喧嘩で、怪我も大したことはないし、死んでもいないんです。十津川さんは、それでも、お調べになるつもりですか？」

「ええ、少しですが、気になることが、ありますので」

とだけ、十津川は、いった。

十津川は、もう一度、西本刑事に電話をし、安藤健太という男についても、至急、調べるように、いった。

3

翌日になると、二つの問い合わせについての答えが、西本から電話で、十津川に、知らされてきた。

「まず、H観光という会社ですが、いくら捜しても見つかりません」

「そうか、該当なしか。安藤健太のほうは、どうだ？」

「たしかに、警部のいわれた、北千住のマンションに住んでおります。しかし、今年の二月の初めから、急に、いなくなってしまったそうです。マンションの管理人にいわせると、たぶん、毎月の家賃が、払えなくなったので、逃げたんだろうと、いっていますが、住民票も移していないので、どこにいったのかわかりません」

「どんな人間なんだ？」

「生まれは千葉県銚子です。高校を卒業してから上京し、北千住の、１Kのマンションに住んで、近くの盛り場にあるバーで、働いていました。しかし、今年になって同じ店で働くホステスを、殴って問題となり、辞めています。その後、アルバイトをしたりして食い繋いで、いたようですが、今も申しあげたように、突然、マンションから、姿を消しています」

「安藤の顔写真は、手に入るか？」

「何とか手に入りましたので、こちらから警部の携帯に送ります」

すぐ、安藤健太の顔写真が、十津川の携帯に送られてきた。

どこにでもいそうな、ごく普通の、二十一歳の若者の顔である。

十津川は、もう一度、外川マリーナで、管理人をやっている中山に会おうと、連絡を取ろうとした。安藤健太を知っているか、ききたかったのだ。中山の携帯の番号をきいておいたので、かけてみたのだが、一向に通じない。

十津川は狼狽《ろうばい》した。

「カメさん、ひょっとすると、中山は、消されてしまったかもしれないぞ」

十津川が、いうと、亀井も、気色ばんで、

「すぐ、外川にいってみましょう」

十津川は、銚子電鉄に、乗っていたのではまどろっこしいので、千葉県警のパトカーを借りることにした。

若い県警の刑事が、パトカーを、運転してくれる。

向かう途中のパトカーのなかでも、十津川は、何回か、携帯で、中山を呼び出してみたが、一向に繋がらない。

中山が、電源を、切っているのならいいのだが、彼自身が、消えてしまったのかもしれない。

外川の駅に着く。

きいていた、駅近くの中山のアパートに向かった。いわゆる木造モルタル建ての、アパートである。

しかし、二階の4号室には、中山はいなかった。

隣の住人は、

「昨日の夜、出かけていくのを、見たんですけどね、その後は見ていません」

時刻は、夜の九時過ぎだったという。

十津川が、外川の駅で、中山に話をきいた後、彼がいなくなったことになる。自分の意志で出かけたのか、それとも、誰かに呼び出されたのか？

（いずれにしても、まずいな）

と、十津川は、思った。

なぜ、用心しなかったのか、そのことが悔やまれた。

県警の渡辺警部は、外川を調べにきた後で、消息がわからなくなり、四月の十五日には、銚子漁港の海底に、遺体となって沈んでいた。そのことを、考えれば、あの中山とは、話をきいた後、一緒にいるべきだった。

十津川には、それが、悔やまれてならないのである。

「マリーナにいってみましょう。ひょっとすると、あのマリーナで、仕事をしているのかもしれません」

慰めるように、亀井が、いった。

とにかく、マリーナに向かって、アパートから、パトカーを飛ばした。

だが、マリーナは、ひっそりと静まり返っていて、管理事務所には、誰の姿もなかった。例の桟橋にも、船は、係留されていない。

十津川と亀井は、もう一度、中山のアパートに戻ると、アパートの住民たちから、中山という男について、きいてみた。

フルネームは、中山勝敏。漁師の家に生まれ、高校を卒業した後、父親を手伝って、五十七歳まで漁師をやっていたが、妻と死別した後、漁師を辞め、しばらくして外川マリーナの管理人を、やることになった。ギャンブルが好きで、妻が、病死したのも、中山のギャンブル好きが関係しているかも、しれないという。

「何しろ、中山さんは、あちこちから、借金をしていたからね。いつも、借金取りに追われていて、奥さんは、それが原因で、心労から体を壊したのではないかと、思いますよ」

彼のことをよく知っているという住人が、証言した。

今でも中山は、金が入ると、よくギャンブルをして、スッているという。

「人はいいんだが、何しろ、酒とギャンブルが大好きで、この二つがなければね」

住人の何人かが、口を揃《そろ》えて、いった。

酒は今もよく飲み、肝臓を悪くして、医者に通っているという証言もあった。

十津川は、県警に頼んで、中山勝敏のアパートの、家宅捜索の令状を取ってもらい、広田警部にも、立ち会ってもらって、家捜しをすることにした。

2Kの狭い部屋である。

「十津川さんは、いったい、何を、見つけたいんですか?」

広田が、きく。

「できれば、写真が欲しいのです」

「何の写真ですか？」

「彼が管理人をやっている、外川マリーナの写真です。いちばん端の、長い桟橋に、何回か大きな船が着いていたと、彼がいっていたのです。もし、その船の写真を、撮っていてくれたとすれば、嬉《うれ》しいのですが」

「しかし、この部屋には、カメラは、ありませんよ」

「彼が使っている携帯を見たのですが、カメラが、ついていました。それで、撮っていてくれて、その写真が、どこかに残っていれば、嬉しいと、思いますね」

十津川が、希望をいった。

亀井を入れて三人で、狭い二つの部屋のなかを調べ始めた。

最初のうちは、何も見つからなかった。というよりも、ほとんど、何もない、ガランとした部屋なのだ。古い型のテレビがあり、クーラーも、古いものだった。

そのうち、押入れを調べていた亀井刑事が、大きな声で、

「ありましたよ！」

と、叫んだ。

理由はわからないが、三枚の写真を入れた茶封筒が、押入れの天井に、テープで貼りつけてあったのである。

その茶封筒をはがして、なかから、三枚の写真を取り出した。

一枚は、外川マリーナの写真、ほかの二枚は、問題の船が、写っていた。

たしかに、客船というよりも、貨物船に見える船である。

長さは五十メートルくらいだろうか？　あのマリーナに係留されているヨットやモーターボートに比べれば、大きいが、貨物船としては小さいほうだろう。

二枚のうちの一枚は、昼間に写され、もう一枚は、夜に、写されたものだった。

昼間の写真では、船の上に、人の気配はない。甲板にも、人はいないし、栈橋にも、人の姿はない。

夜の写真のほうは、どうやら、フラッシュを焚《た》かずに写したと見えて、船の輪郭と船室の明かりが、ついているのはわかるが、それ以外に、人の影はない。

明かるいほうの写真には、小さく、船名が写っているのだが、小さすぎて、何と書いてあるのかはわからない。

写真をじっと眺めていた亀井が、

「ひらがなで『へいあんまる』と書いてあるのではありませんか？」

「この栈橋を借りているのは、東京のH観光という会社だといっていたね。船の名前が『へいあんまる』なら、一致するのだが、しかし、西本刑事が調べたところでは、その日観光という会社は、存在しないというんだ」

十津川が、いった。

「しかし、船が実在することは、わかりましたね」

亀井が、ニッコリした。

「しかし、この船は、いったい、何をするために、マリーナに、きているんだろう？」

「中山は、観光客は、乗っていなかったと、いっていましたね？」

「ああ、そうだ。それから、一回栈橋に着くと、三日か四日停泊していて、その後で出ていったとも、いっていた」

「だとすると、ここで、貨物の積み下ろしをやったと、思われるのですが、日本海側だとすれば、北朝鮮からの覚醒剤《かくせいざい》を下ろす秘密の基地である可能性も出てくるのですが、ここは、銚子ですからね。覚醒剤の積み下ろしを、やっているとは、考えにくいですね」

「そうだな。たしかに、ここは銚子だからね、普通に考えれば、魚を積んでいったというのが、いちばん、納得できるんだよ。しかしね、魚を積むのなら、ここよりも、やはり銚子漁港だろう？　何もわざわざ、こんな小さな港から運び出す必要はないんだ」

「そうですね、たしかに、外川の漁港が以前のように繁栄しているのならば、ここで、魚を積んで、東京に、運んでいくことも考えられますが、今は、警部のいわれるように、魚を運ぶなら、ここより、銚子漁港でしょう。魚ではないとすると、何が、考えられますか？」

「銚子周辺で、獲れるものということになってくると、やっぱり魚か干物か、あるいは、ここは、醬油の産地だから、醬油かということになるが、そんなものは、わざわざ、この、外川マリーナにきて積みこむことはない。そんなことをする理由がわからない。もし、東京まで、運ぶつもりならば、船よりも、トラックのほうが、速いからね。しかし、間違いなく何かあるんだよ」

それは、十津川の確信だった。

それは儲かる話で、だからこそ、殺された、本橋哲平は、無理して一千万円を作り、消費者金融の、野崎支店長も、その投資に、参加しようと考えたのだ。

「それにしても、なぜ、中山勝敏は、その三枚の写真を、封筒に入れて、押入れの天井なんかに、貼りつけておいたのでしょうかね？　その理由が、私には、わかりません」

広田警部が、不思議そうに、首をかしげる。

たしかに、それも疑問のひとつだ。

「中山は、おそらく、この写真が金になると思ったんじゃありませんか？」

と、亀井が、いった。

「何しろ、中山は酒好きで、その上、ギャンブルに目がないときていますからね。金が欲しかったんじゃないでしょうか？　それで、この三枚の写真が、金になると思って、発見されないように、封筒に入れ、押入れの天井に隠しておいたんですよ」

「そういえば、中山が描いてくれた船の絵は、写真と微妙に違っているし、第一、写真があることも、黙っていた。つまり警察に船のことを、知られたくなかったんだよ」

十津川が、いった。

「しかし、この写真が、どうして、金になるんですか？」

広田警部は、まだ首をかしげている。

「おそらく、この三枚の写真以外にも、あと一枚か二枚、この船を、写した写真があると思いますね」

と、十津川が、いった。

たぶん、その写真には、何か、金になるようなものが、写っていたのだ。

「肝心の写真を、どうして、中山は、隠しておかなかったんでしょうか？」

「その写真を持って、誰かに、会いにいったんじゃありませんか？　いちばん金になる写真だと、思ってですよ」

「十津川さんは、それが、どんな写真だと思われますか？」

十津川は、三枚の写真に、もう一度、目をやった。

「マリーナを写した写真には、小さくしか、船は写っていません。二枚目は、船に近づいて写していますので、船の様子は、はっきりとわかりますが、乗組員の姿はありません。三枚目の夜の写真にも、人は写っていませんが、船室に、明かりがついています。たぶん、四枚目の写真は、船のほかに、何かが、写っているんですよ」

「船に乗っている人間ですか？」

「そうかもしれませんし、人間以外のものかもしれません」

「人間以外のものというと？」

「この船を使って、ここから、何かを運び出したんですよ。四枚目の写真には、その何かが写っているのではないかと、思うのですが」

しかし、十津川にも今のところ自信はない。それは、あくまでも十津川の勝手な想像で、肝心の何かが、わからないのだ。

十津川は、三枚の写真を持ち帰ることにした。

その後、県警本部に頼んで、刑事を動員してもらい、外川周辺で、中山勝敏を捜してもらうことにした。

4

小さな町である。小さく、活気のない漁港と、数隻のヨットと、モーターボートしか繋がれていないマリーナである。

それでも、中山勝敏の行方は、一向に、わからなかった。

しかし、結果は、最悪の事態になった。

念のために、ダイバーを、使って、銚子漁港の海中を調べていて、中山勝敏の死体を、発見したのである。

死体は、三人のダイバーによって、引き揚げられた。その後すぐ、司法解剖のために、大学病院に、運ばれていった。

その結果、死亡推定時刻は、昨夜の午後十時から十一時の間。胸には、渡辺警部の時と同じように、弾丸が、一発撃ちこまれていて、それが直接の死因になったとわかった。

弾丸は、一応、東京の、科捜研に送られたが、そこで、調べるまでもなく、トカレフの銃弾だった。

死体の着衣は、紺色のスラックスに、春向きのジャンパー、しかし、ジャンパーのポケットには、あるはずの、携帯電話は、入っていなかった。

銚子警察署では、緊急の捜査会議が開かれ、それには、十津川と亀井も、参加した。県警本部長も、ほかの刑事たちも、殺気立っていた。

今回の被害者が、渡辺警部と同じ殺され方をして、同じように、銚子漁港の海底で発見されたからである。

県警本部長が、まず吠《ほ》えた。

「仲間の渡辺警部が殺され、今度は、同じ銚子の人間、中山勝敏が、殺された。凶器も同じトカレフで、殺し方も、遺体の放置の仕方もまったく同じだ。私には、われわれ千葉県警が、犯人に、馬鹿にされているとしか思えない。意地でも、犯人を、われわれの、この手で捜し出し、逮捕するんだ。いいか、絶対にだ。意見のある者は、遠慮なく、どんどんいって、ほしい」

広田警部が、まず、今回の事件について、簡単に総括した。

「今回の事件は、四月四日犬吠埼灯台の崖下《がけした》で、東京の、本橋哲平という三十歳で私立探偵の男が、遺体で発見されたことから、始まっています。この男は、一千万円を用意し、この銚子で、何か儲かる話に投資を始めようとしていたと思われますが、その話が、いったい、どんなものなのか、今のところ、わかっていません。次いで、この本橋哲平に金を貸した、消費者金融の支店長、野崎康幸が、東京のホテルで、殺されました。この後、四月十五日になって、千葉県警の渡辺警部が、銚子漁港の海底で、遺体となって、沈んでいるところを、発見されました。そして、今度は、中山勝敏という六十二歳の元漁師で、現在は、外川マリーナの、管理人をやっている男が、渡辺警部と同じように、銚子漁港の海底で遺体となって発見されました。渡辺警部と中山勝敏は、トカレフで、胸部を、二発撃たれて死亡していました。今までに、四人の男が殺されたのです。どうやら、東京の暴力団K組の幹部、小野寺一郎が絡んでいると思われますが、小野寺が、どう、絡んでいるのかは、現在のところ、まだ、わかっておりません。次に、今回の連続殺人事件の背景ですが、外川マリーナは小さなマリーナで、現在、五隻のヨットとモーターボートが係留されています。端にある長い桟橋に、今年になってから、管理人の中山勝敏によれば、三、四回、長さ五十メートルほどの船がやってきて、それぞれ、三日から四日停泊して、また、出港しています。この船が、何のために外川マリーナに四回もやってきているのか、これがわかれば、今回の一連の事件の動機が、わかるのではないかと、期待しています」

5

県警の広田警部に続いて、十津川が、今回の事件について、自分の考えを、説明した。

「今回の一連の事件には、外川マリーナに何回か、やってきている船が、絡んでいます。その船の写真を手に入れ、それを、引き伸ばしてきましたので、皆さんに、見ていただきたい」

十津川は、問題の写真を、引き伸ばしたものを、黒板に貼り出した。

「この船は、長さ五十メートルほどの船で、ご覧のように、客船というよりも、貨物船といった感じです。東京のH観光という観光会社が、所有している船だと思われますが、東京で、部下の刑事に、調べさせたところ、H観光という会社は、存在しませんでした。この船は、広田警部が、説明されたように、今までに四回、外川マリーナに、やってきて、三日から四日停泊したあと、どこかに、向けて出港しています。写真をご覧になっていただければわかるように、キャビンにも、甲板にも、人の姿はありません。中山勝敏の証言でも、この船に乗っている観光客の姿を、見たことがないそうです。それに、夜中に作業をするので、何を、積み下ろししているのかもわからない。そういっています。しかし、この写真を撮った中山勝敏が、殺されたところを見れば、彼は間違いなく、この船に関係する何かを目撃したのです。もし、それが、何かわかれば、広田警部もいわれたように、今回の一連の事件は、五十パーセント解決したものと考えます」

「その何かというのがどんなことなのか、想像も、できないのかね？」

県警本部長が、広田警部を見、十津川を見た。

「それが何かは、わかりませんが、何かを、船で外川マリーナに、運んできたのではなく、ここで積みこんだものだと、思われます」

十津川が、いった。

「最初は、一応、銚子で、獲れるものと考えましたが、そうなると、魚か、あるいは醤油か、そういったものが、浮かんでくるのですが、そういうものなら、わざわざ、活気のない外川マリーナに、こなくても、銚子漁港にいって積みこめば、すむことです。その方が楽ですから、魚や野菜や醬油ではないのだと考えています」

「そのことに、一千万円の投資をしようとした男が、いるわけだろう？　金になるから、東京の暴力団が、絡んできているんじゃないのかね？　そう考えていくと、その船に、積みこんだものが、何かを見つけることは、それほど、難しくはないんじゃないのか？」

県警本部長は、明らかに、いら立っていた。

「本部長は、たぶん、覚醒剤とか、あるいは、それに類する違法な薬物のようなものを考えて、おられるのでしょうが、今までに、外川の小さな漁港から覚醒剤や、そのほかの薬物を、船で運んでいったというケースは、まったくありません」

広田が、いった。

「東京の暴力団K組が、絡んでいるとすれば、薬物以外に、簡単に金になるものが、何かあるかね？」

本部長が、きいた。

「薬物以外に、手っ取り早く、金になるものといえば、人間以外には、考えられませんね」

広田が、いった。

「人間か」

「そうです。犯罪者や密入国者を、船に乗せれば、これは間違いなく、いい金になります」

「しかしだな。密入国というのは、普通、外国から日本へ、人間を密かに、連れてくることだろう？　それならば、国際空港か、外国と繋がっている、大きな港でなければ、難しいだろう？　逆に、日本から犯罪者を、外国に逃がすケースだって、まったく同じだよ。小さな外川マリーナが、外国への出口になるとは、どうしても思えないよ」

たしかに、本部長のいうとおりだと、十津川も思った。

薬物や、特定の人間を運ぶのならば、人目につきやすい、小さなマリーナなどは使わず、国際空港や、横浜や神戸などといった、外国航路のある大きな港が、舞台になるだろう。

問題の船の写真は、大きく、引き伸ばしたので、船名は、明らかに「へいあんまる」であることがわかる。

すぐ県警が、国土交通省に「へいあんまる」という船名で登録があるかどうかを問い合わせた。

しかし、国土交通省の回答は「へいあんまる」という船名の船は、登録されていないというものだった。

その後でもう一度、十津川たちは、じっくりと船の写真を見た。

「この船名の部分を見ると、明らかに、別の船名が、かすかに、残っていますね。おそらく、船名を、時々、変えているのではありませんか?」

広田が、いった。

たしかに、前の船名の文字が、かすかに、残っていた。時々、船名を変えては、誤魔化していたのか。

6

十津川は、他の方法で、この事件を、見てみようと思った。問題の船の形についてである。

東京の大手町に、客船や貨物船、あるいは、モーターボートやヨットの設計を、一手に引き受けている会社がある。そこに、十津川は、問題の船の写真二枚を、持ちこんで、話をきくことにした。

一枚は、問題の船が、画面いっぱいに写っている写真であり、もう一枚はマリーナの桟橋に係留されている船である。こちらのほうは、大きさが、比較できるだろう。

十津川は、その会社で、船舶設計の責任者をやっている、戸口という男に会って、その二枚の写真を、プロの目で、見てもらうことにした。

「この船が、いったい、どんな用途に使われているのか、難しいかもしれませんが、写真に写っている外見から、戸口さんに、判断していただきたいのですよ」

十津川が、いった。

戸口は、二枚の写真を、何度も、じっくりと見比べていたが、

「大きさは、そうですね、千トンといったところでしょうね」

と、いい、続けて、

「この船が、貨物船であることは、まず間違いありませんが、よく見ると何かの目的のために改造されていますよ」

戸口は、本棚から、貨物船の写真集を取り出し、ページを繰っていたが、そのなかに、載っている一枚の写真を、十津川に見せた。

「前の形は、これと、同じだったと思うのですよ。造られたのは、おそらく、M造船でしょう、そんなに昔の船ではなく、たぶん、今から十年か十五年くらい前に、建造

されたものだと思いますよ。その頃、千トン前後の貨物船では、こういう形をしたものが、多かったんです。それを、最近になって、改造したんじゃないですかね」

「どんなふうに、改造されたと思われますか？」

「写真の貨物船ですが、全体が四角く、造られています。これは、冷凍船なんですよ。カニとか、魚などを、冷凍しながら港へ運ぶ貨物船です。十津川さんが、お持ちになってきた、この写真を見てみますと、その半分は前のままですから、そこは、冷凍室として今でも、使っているのでしょう。残りの半分は、屋根がカマボコ型に、なっていますが、カマボコの部分は、開閉が、できるようになっているんですよ。この部分を開いて、そこから、運ぶものを出し入れするようになっているんでしょう。これは、私の想像ですが、ここはたぶん、巨大な、水槽になっているんじゃないですかね？水槽のなかに、カニとか、アワビとか、イセエビ、あるいは、ヒラメなどを入れて、生きたまま運ぶようになっているんじゃないかと考えますね」

「こういう船は、普通にも、たくさんあるんですか？」

「いや、そんなには、ないですね。というよりも、ほとんど、見かけないですね。冷凍室も水槽もあるというのは、あまり、効率的ではありませんからね。冷凍室だけがある冷凍船、また、魚を生きたままで運ぶための、大きな水槽を持った船というのはありますが、この船のように、両方を、兼ね備えている船というのは、珍しいですよ。私も、あまり見たことはありません」

戸口が、いう。

「では、どうして、効率的ではない、こんな形の船に、したんでしょうか？　戸口さんは、どう、お考えになられますか？」

「おそらく、高級な魚だけを、扱っている一流の料亭や飲食店から、注文があって、高級魚だけを運んでくる、そのために、水槽と冷凍室が半々に、設けられているのではないかと思いますね。この船を使って、安い魚を運んでいたのでは、採算がとれないと思いますよ」

「高級魚というと、どんなものが、考えられますか？」

「魚でいえば、マグロ、ヒラメ、そういったものでしょうね。あとはカニとか、イセエビとかでしょう」

「そのほかに、この船の写真をご覧になって、何か気になるところは、ありませんか？　どんな小さなことでもいいんですが」

「そうですね」

戸口は、しばらく、考えていたが、

「船の船尾ですが、その形が、少し違っているような、気がするんですよ。貨物船というのは、だいたい、船尾を箱型に造るんですけどね。しかし、これは、ちょっと、違っているなあ」

「どう違っているんですか？」

「おそらく、以前より、馬力の強いエンジンを積んだんですよ。それで、普通の貨物船とは、船尾の形が、少し違った船に、なったんだと思いますね」

「つまり、前より、スピードが出るようになった。そういうことですか？」

「ええ、そうだと、思いますね。普通ですと、これくらいの大きさの船だったら、そんなに強力な馬力のエンジンを、積む必要は、ないんですけどね。おそらく、この船のオーナーが、もっとスピードが出るように、改造したかったんでしょう」

戸口に、礼をいって別れた後、捜査本部に帰った十津川は、まず、三上本部長に、このことを説明した後、千葉県警の広田警部にも、電話で伝えた。

「つまり、高級魚を運ぶための、船だったということですか？」

広田が、きく。

「専門家の話では、船の形から見て、冷凍室と水槽があって、注文に応じて、生きたまま運ぶか、冷凍にして運ぶかを、選ぶことのできる船だそうですよ。だから、安い魚を運ぶはずはない。魚なら、ヒラメかマグロ、カニならば毛ガニ、それからイセエビやアワビ。このカニやイセエビにアワビは、おそらく、水槽に入れて生きたまま運ぶのではないか？　そんな話でした」

「そうなると、この貨物船が、なぜ、外川マリーナに、何回となく、きているのか、理由が、わかりませんね。外川の漁港というのは、十津川さんも、何回かいらっしゃったので、すでに、ご存じだと思いますが、以前は漁港として、活気がありましたが、今は、すっかり、寂れてしまっているんですよ。獲った魚は、みんな、銚子漁港のほうに、運ばれてしまいますからね。それなのに、問題の貨物船は、銚子漁港にいかないんでしょうかね？　ヒラメやマグロ、あるいは、毛ガニ、イセエビ、アワビなんかが入荷するのは、ほとんど、銚子漁港のほうですけどね、外川の漁港のほうには、そんな高級魚は、水揚げされないはずですよ。そう考えると、どうにも船の持ち主の考えが、わかりません」

「私にも、わからないのですが、この船は、外川マリーナには、何回か入港していますが、銚子漁港のほうで、見かけたという人は、ひとりもいないのです。不思議ではあっても、外川マリーナのほうで、何かを、積みこんでいるんです」

「しかし、それは、高級魚か、高いカニやイセエビ、アワビなんでしょう？」

「そうなんですが、それを、いったい、どこから、持ってくるのか、それが、わからないのですよ」

「やはり問題は、どこから、誰が、この、外川マリーナに、運んでくるかということですね」

広田も、同じことを、口にした。

十津川にも、これが、ただの取り引きでないことはよくわかる。

もし、活気のある銚子漁港のほうに、この船が入っていき、そこで、ヒラメやマグロ、あるいは、毛ガニやイセエビ、アワビなどを、積んで帰っていくのであれば、それは、普通の取り引きである。

しかし、そうでないことが、容易に、想像されるのだ。

たぶん、それには、犯罪の匂いがぷんぷんしているに違いない。

十津川は、そう確信していた。

第六章　一触即発

1

十津川は、二つの案件について、捜査することを、考えていた。

第一は「へいあんまる」という名前の船の行方である。

二つ目は、今回の事件に関係していると思われる、K組、その組の幹部、小野寺一郎の行方である。

千葉県警は、国土交通省に依頼して「へいあんまる」という貨物船に関して調べてもらった。

しかし「へいあんまる」という船名の船は存在しないという回答が返ってきた。

だが、あの三枚の写真のうちで、いちばん鮮明に、問題の船が、写っている写真を見ると、船首のところに「へいあんまる」という、平仮名で書かれた船名が、はっきりと、見て取れるのである。したがって、国土交通省の回答を、そのまま、受け取るわけにはいかなかった。

十津川は、亀井を連れて、直接国土交通省に乗りこんでいき、担当の矢口という課長に会った。

十津川は、問題の船の写真を、矢口に見せた。

「これを見ると、船首の部分に、はっきりと、平仮名で『へいあんまる』と書いてあるでしょう?」

十津川が、いうと、矢口は、一応うなずいてから、

「たしかに、この写真を見る限り『へいあんまる』という名前は見えますが、どうやら、この船は、中古船を購入したか、あるいは、スクラップにする船を買ってきて、勝手に『へいあんまる』という名前を、つけたのではないかと思われますね」

「中古船ですか?」

「中古船というよりも、おそらく、スクラップにする予定の船を、安く買い叩いて改造し『へいあんまる』という名前を書きこんだものだと思いますね」

「スクラップにする船というのは、多いのですか?」

「このクラスの船を持っている中小の海運会社というのはたくさんありますからね。この不景気で潰《つぶ》れてしまうと、持ち船は、中古市場に出るよりも、スクラップにされてしまうことのほうが、多いんですよ。今、ほかの中小の海運会社も、景気が悪いですから、中古船を買うだけの余裕がありません。おそらく、この船も、スクラップにされる直前に、個人か、企業が買いこんで、改造したものだと思いますね」

「しかし、スクラップにする船を改造しても、勝手に名前をつけて、運航することはできないんじゃありませんか？」

「たしかに、規則ではそうなっているのですが、なかには、悪質な海運会社もありますからね。スクラップされる船を買って、改造して、運航させたり、勝手に架空の名前をつけ、登録しない。そんな会社も最近、多くなりました」

「どうして、そんな違法なことをするのですか？」

亀井が、きいた。

「税金逃れですよ」

「なるほど、そういうわけですか」

亀井が、うなずき、十津川は、

「何とかして、この写真の船の経歴を調べ出すことはできませんか？　どこかの小さな海運会社が、スクラップに出したのだが、今も現役の船として動いている。われわれは、その経緯を知りたいのですよ」

「この『へいあんまる』という貨物船ですが、これは、原形のままですか？　それとも、改造されているんですか？」

「先日、船の設計をやっている専門家に話をきくと、この船は、改造したものだと教えられました」

十津川は、先日、きいたとおりの話を、矢口に、そのまま伝えた。

「貨物室の半分が、冷凍室で、半分がドーム型の屋根をつけて、生簀《いけす》を作り、ヒラメやアワビ、あるいは、カニやイセエビなどを、生きたまま運ぶことのできる船になっているのではないかと、専門家は推測していました。ですから、形は前とは違っています」

「わかりました。その線で調べてみましょう」

矢口は、貨物船の写真集を取り出してきて、そこに載っている一枚の写真を、十津川に示した。

「つまり、これが、この船の、元の形だというわけですね？」

「そうです」

「たしかに、先日会った船の設計をやっている専門家にも、これと同じ写真を見せられました」

「このくらいのトン数の貨物船というのは、日本の国内の運航には、いちばん便利なので、最も多く、建造されているんですよ。早速、このクラスの船のなかで、最近、除籍されて、スクラップにされたという船を、調べてみます」

矢口は、何やら書類を、見ていたが、どこかに電話をかけてから、すぐ答えを出してくれた。

「三浦海上運送という会社があります。このクラスの船を、三隻持って、海運事業をやっていたんですが、不況の影響を受けて、去年の秋に、倒産してしまいました。所有していた三隻のうち、二隻は、ほかの海運会社に、買い取られたのですが、一隻は買い手がつかず、スクラップに、回されました。それが『第二三浦丸』です。スクラップを引き受けた会社に、電話をして確認してみると、去年の十一月には、スクラッスクラップされているはずでしたが、なおも調べていくと、どうもスクラップしたことにして、この『第二三浦丸』は、どこかの会社に、売却されたようです」

「どこの会社が『第二三浦丸』という船を買い取ったのか、わかりませんか？」

「それが、どうも、個人で買い取ったらしいのですよ。その時、スクラップ会社との取り引きで『第二三浦丸』は、あくまでも、スクラップしたことにしたんでしょうね。買い取った個人名は、佐々木肇という名前が浮かんできたのですがこの名前も、架空のようです」

「実情はよく、わかりましたが、そんなことが、許されるのですか？」

亀井が、とがめるような口調で、矢口に、きいた。

矢口は、笑って、

「もちろん、そんなことは、許されませんが、時には、こういうことがあるんですよ。スクラップしたことにして、その船を売ってしまえば、その分、利益が、大きくなりますからね」

「倒産した三浦海上運送という会社が所有していた、三隻の船のうちの一隻『第二三浦丸』は、書類上では、すでに、スクラップにされたことになっている。しかし、佐々木肇という個人が、買い取って改造し、現在、稼働している。つまり、そういうことになりますか？」

「そうなりますね。この佐々木肇という買い主の名前も、おそらく、架空でしょうから、捜すのは大変ですよ」

と、矢口が、いった。

どうやら、この「第二三浦丸」という船、いわば中古の貨物船が改造され「へいあんまる」という名前に変えさせられて、運送業をやっている。その運送業が儲《もう》かるというので、私立探偵の本橋哲平や、消費者金融の支店長、野崎康幸が、この事業に投資しようと考えたのだろう。

おそらく、この貨物船の、現在の持ち主は、K組幹部の小野寺一郎なのだ。

本橋哲平や野崎康幸は、金を出して、事業の権利の一部を、買おうとしたのだろうが、話がうまくまとまらず、持ち主の、小野寺一郎に、殺されてしまったに違いない。

十津川は、そう考えた。

次に、十津川が、捜査四課の中村警部に頼んで、K組の幹部、小野寺一郎のことを、調べてもらうと、

「K組にきいたところ、前にも、君に話したと思うんだが、小野寺一郎という幹部は、現在、K組にはいない。除名されているというのか、追放されているといっていた」

「たしかに、前にも、君にきいたが、本当に、追放されているのか？」

「それが、どうも嘘《うそ》らしいんだ。あの世界では、普通、組の者が、何らかの問題を起こして追放される場合には、日本中の主な組に対して、これこれの理由によって破門したという、通告をすることになっているのだが、小野寺一郎の場合には、いくら調

べても、そうしたことを、やった形跡がないんだ」

「つまり、形の上だけの、組からの追放、そういうことか？」

「たぶん、そういうことだろうね。K組は、何か、事業のようなものを、小野寺一郎にやらせているんだと、思うね。もちろん、まともなものではないだろう。だから、万一の時には、組に、影響が及ばないようにするために、形の上では、小野寺一郎を、組から追放したことにしているんじゃないかな？　そう見ているんだが、今のところ、あくまでも推測でしかないんだがね」

中村は、証拠がなくて困っているというが、十津川にすると、漠然としたことが、はっきりとした形になったという思いのほうが強かった。

二つのことが、わかったことになるからだった。

ひとつは、K組の幹部、小野寺一郎のことである。

小野寺一郎は、K組を追放され、現在、関係がないことになっているが、それは、あくまでも、表面上のものらしい。実際には、依然としてK組の幹部であり、現在はH観光という架空の会社を作り、中古船「第二三浦丸」をスクラップしたことにして所有し、改造して「へいあんまる」という名前をつけて動かしているのではないのか？

2

十津川は、今までにわかったことを、もう一度、自分なりに、整理してみた。

第一に「へいあんまる（第二三浦丸）」という船は、書類上は、スクラップされたことになっている、いわば幽霊船なのだが実際には、稼働していて、K組の幹部の小野寺一郎が、実際の所有者になっている。

「第二三浦丸」こと「へいあんまる」は改造され、千葉の、外川マリーナを仮の母港にして、何かをどこかに、運搬しているが、もちろん、正規の仕事ではない。いわば闇《やみ》のルートで、危険ではあるが、その分、金にはなる。そこで、殺された私立探偵の本橋哲平や、消費者金融の支店長、野崎康幸が、危険を承知で、その事業に出資をしようと考えたのだ。H観光が、金集めをしたのかもしれない。たぶん、それに、飛びついたのだ。

だが、話し合いがつかず、小野寺一郎か、あるいは、K組の組員によって、秘密を守るために、殺されてしまったのではないだろうか？

もうひとつはっきりしたのは、安藤健太という二十一歳の男の、行方だった。

この安藤は、二月二十七日の夜、外川の町で、酔っぱらって、地元の人間と、喧嘩《けんか》をした男だった。その時、安藤健太は、海に投げこまれたという話だったが、その後、外川から姿を、消してしまっていた。

そこで、十津川は、安藤健太の両親や友人、仲間たちに、もし、彼を見かけたら、すぐ知らせてくれるように、頼んでおいたのである。

その安藤の仲間から、電話が入ったのである。

「昨日、安藤健太を見かけましたよ」

と、いう。

「それでは、家に帰ってきているんですか？」

「いや、見かけたのは、新宿ですよ。新宿の歌舞伎町です」

「新宿の歌舞伎町ですか？」

「ええ、そうなんです。実は昨日、友だちと二人で、新宿に、遊びにいったんです。そうしたら、歌舞伎町のなかで、安藤健太と、バッタリ会ったんです」

「その時の、安藤の様子は、どうでしたか？」

「安藤の奴、いやに、颯爽《さっそう》と歩いているから、どうしたんだときいたら、現在、ちょっとしたグループで、働いているが、たまには、外川の港に、いくことがあるんだって。もっと、詳しいことをきこうとすると、安藤は、なぜか、口を閉ざしてしまうんですよ。でも、間違いなく、前よりは、金を持っていそうでしたね。だから、あんなに、颯爽としているように、見えたんじゃないですかね」

「ちょっとしたグループで働いていて、たまに、外川の港にいく。そういっていたわけですね？」

「そうですが、詳しいことは、何も教えてくれないんですよ」

「いつ、外川にいくか、いっていませんでしたか？」

「それは、いいませんでしたね。何か危険なことを、しているんじゃないかと、心配しているんですが、まあ、あいつも、もう大人なんだから、問題は、起こさないと思いますがね」

電話の相手は、そんなことを、いった。

次に、十津川は、広田警部に「へいあんまる」のことを、そのまま伝えた。

「何しろ、すでに、スクラップされたことになっている船ですから、いわば幽霊船で『へいあんまる』という名前がついていますが、今度、外川に入港する時には、別の船名になっているかもしれません」

「その船が、また、外川マリーナに入港すると思われるわけですか？」

「ええ。闇物資を運んでいる船のようなので、かなりの利益が、あがっていると思うのですよ。だから、必ず、近いうちにまた、外川マリーナに入港してくるはずです。その時は、すぐ、こちらに連絡をしてください」

3

ほかにも、十津川が知りたいことが、いくつかあった。

ひとつは、H観光という会社の実態である。

もうひとつは、殺されて、銚子漁港の海底に沈められていた千葉県警の渡辺警部と、外川マリーナで、管理人の仕事をやっていた中山勝敏、六十二歳のことである。

二人は、トカレフという拳銃を使って殺されたのだが、犯人が、どうやって手に入れたのか？

その入手経路も、十津川の知りたいことのひとつだった。

二日後、広田警部から連絡があった。

「外川マリーナの管理事務所の話によると、明日の午後五時から六時の間に、入港すると『へいあんまる』の名前で連絡があったそうです」

「明日の夕方ですか？」

「そうです」

「わかりました。私も、すぐにそちらにいきます」

十津川は、亀井刑事と、翌日の午後一時過ぎに千葉県の銚子に向かった。

十津川が、亀井刑事ひとりしか連れていかなかったのは、もし、外川マリーナで、事件が起きたとしても、その捜査は、あくまでも、千葉県警の担当になるからである。

また、銚子まで、パトカーを飛ばさずに、電車で銚子までいき、銚子からは、銚子電鉄に乗り換えて、終点の外川までいくことにした。

ウィークディなのと、ぬれ煎餅《せんべい》の人気も、少し落ち着いてきたのか、一両編成の車内は、今日は、空《す》いていた。

そのなかに顔見知りの男女を発見して、十津川は、驚いた。

四月四日に、犬吠埼で殺人事件が起きたが、たまたま、その時、銚子電鉄を、取材にきていて、事件に遭遇した月刊誌「T＆R（旅と鉄道）」の編集者と、女性カメラマンである。

たしか名前は、井畑徹と、岡本亜紀だったと、十津川は記憶していた。向こうも、十津川に気がついたらしく、二人のほうから、十津川に声をかけてきた。

「今日も、例の、殺人事件の捜査ですか？」

井畑が、いう。

十津川は、その質問には答えず、

「君たちのほうこそ、どうしたんだ？　また、銚子電鉄の取材できたのか？」

「昨日、編集長から、指示があったんですよ。君たちは、四月三日に、銚子電鉄の取材にいった。その銚子で、二人もの人間が続けて、拳銃で撃たれて殺害され、銚子漁港の海底で、発見されたのだが、君たちは、その現場にいってるんだ。見逃しておく手はない。君たち二人で、もう一度、銚子電鉄に乗って、犬吠駅や、終点の外川駅を、取材してこいといわれたんですよ」

「なるほどね」

「十津川さんに、会ったのがいい機会だから、おききするんですが、容疑者は浮かんでいるんですか？」

井畑が、単刀直入に、きく。

そのそばで、岡本亜紀が、カメラを、十津川に向けている。

「カメラは止《や》めてほしい」

と、いってから、十津川は、井畑に、

「残念ながら、容疑者は、まだ浮かんでいないんだ」

「犬吠埼で殺されていた、私立探偵の本橋哲平や、東京で殺された、消費者金融の支店長の野崎康幸のほうも、容疑者は、まだ、浮かんでいないのですか？」

「残念だがね」

「本当ですか？　何か、隠しているんじゃありませんか？」

「何も隠してなんかいないよ。君たち二人に、今さら隠したって仕方がないだろう？」

十津川は、苦笑した。

「今度の殺人事件には、暴力団K組の幹部が絡んでいる。そんな話も耳にしたんですが、これは、本当ですか？」

井畑が、やたらに、質問してくる。

「そんな噂《うわさ》をきいたのか？」

十津川が、きいた。

「ええ、ききましたよ」

井畑が、いうと、岡本亜紀も、

「私も、ききました」

「私は、捜査一課の、刑事だからね。組織暴力の担当は、捜査四課なんだよ。だから、私には、暴力団に関する知識も、情報もない。ところで君たちは、どこまでいくのかね？」

「今日は、終点の外川まで、いってみるつもりです。最初の事件が、起きたのは犬吠埼でしたが、よく考えてみると、終点の外川に、事件解決の鍵《かぎ》を握る、何かがあるらしい。僕は、そう思ったし、編集長も同じことを考えているので、今日は、終点まで、いってみるつもりです。十津川さんは、どこまで、いくつもりですか？」

井畑が、いった。

「私は、犬吠駅で、降りるつもりだよ」

十津川は、嘘をついた。本当は、終点の外川まで、いくつもりで、銚子電鉄に乗ったのである。

だが、井畑徹と岡本亜紀のコンビに、追い回されては、かなわない。そう考えて、急遽《きゅうきょ》、ひとつ手前の犬吠駅で、降りることにしたのである。

4

犬吠駅で降りると、十津川は、ホッとした気分になった。終点の外川までいったら、井畑と岡本亜紀のコンビから、質問攻めにあってしまうだろう。

犬吠駅から、終点の外川駅までの距離は、〇・九キロである。

「へいあんまる」が、外川マリーナに入港するのは、今日の、午後五時から六時の間ときいているので、それまでに、時間は充分にある。そこで、〇・九キロを、歩いていくことにした。

歩きながら、十津川と亀井は、今回の事件について、お互いの意見を、ぶつけ合った。

「あの若い二人が、介入してくるとは思いませんでした」

亀井が、苦笑している。

「だからといって、ジャーナリストの取材を拒否するわけにはいかないからね」

「放っておくと、どこまで、入りこんでくるか、わかりませんよ」

「まあ、なるべく、外川マリーナには、近づかせないようにしよう」

「ところで『へいあんまる』が外川マリーナに、入港したら、どうしますか？すぐに押さえて、船内を捜索しますか？」

「いや、すぐ捜索するのは、愚策だよ。しばらく監視して、船に何が、積みこまれるのか、それを知りたいんだ」

「積みこまれるのは、やはり、ヒラメやマグロといった高級魚か、あるいは、毛ガニやイセエビ、アワビといったものですかね？」

「船のことに、詳しい人にきいたら、千トンクラスの船では、そういう高級魚を、運ばなければ、儲けが出ないそうだ」

「しかし、多少安く、ヒラメやマグロなどを仕入れたとしても、儲けは、それほど、ないんじゃありませんか？」

「だから、特別な方法で、仕入れているんだと、思っている」

九百メートルをゆっくりと歩いて、二人は、終点の外川駅に着いた。

周囲を、見回したが「T&R（旅と鉄道）」の井畑徹と岡本亜紀の姿はない。

ホッとしたが、今度は、ここでと、約束しているはずなのに、千葉県警の、広田警部の姿が見当たらなかった。

仕方なく、しばらく、待っていると、五、六分ほど経ってから、やっと、広田が、声をかけてきた。

「約束の時間に遅れて、申しわけありませんでした」

と、広田は、いってから、

「若い編集者と、カメラマンですかね、やたらと、この駅の周辺を、写真に撮りまくっているので、出るに出られなかったのですよ」

「その二人なら、四月四日の、最初の犬吠埼の事件の時に、たまたま、取材にきていた東京の月刊誌『T＆R（旅と鉄道）』の編集者とカメラマンですよ」

「やはり、編集者ですか。どうして、東京の雑誌の編集者と、カメラマンが、この外川にやってきているんですか？」

「この銚子で、続けて、被害者が出た。その現場に、お前たちは、たまたま遭遇している。これは、チャンスだから、もう一度いってこいと、編集長に、そういわれて、きたらしいのです。しかし、問題の『へいあんまる』という船については、何も、知らないようです」

「それをきいて少しは、安心しましたが、あの二人も、この外川にきたのですから、いろいろなところを、取材したり、写真に、撮ったりするでしょうが、そうなると、犯人を、逃がしてしまうことにも、なりかねませんね」

広田が、顔をしかめる。

「その時は、もちろん二人の行動を抑えてしまうつもりでいます」

十津川たちは「へいあんまる」が、現れるまで、千葉県警が用意した、ワンボックスカーのなかで、待機することにした。

車のなかには、広田警部のほかに、二人の県警の刑事がいて、さまざまな機具が、用意されていた。あたりが暗くなった後も「へいあんまる」を監視するのに必要な暗視カメラとか、あるいは、小さな物音を、きくのに役立つ集音器などである。

午後六時を過ぎると、あたりが少しずつ、暗くなっていく。

だが「へいあんまる」の姿は、まだ、見えなかった。

「へいあんまる」から知らされてきた予定は、午後五時から六時の間に入港するということだったが、午後六時半になっても、肝心の「へいあんまる」は、一向に、入港してくる気配がない。

「われわれの動きを知って、向こうも、用心しているんじゃありませんか？」

亀井が、少し苛立《いらだ》った調子で、十津川と広田警部に向かって、いった。

「いや、必ずくる」

十津川は、自分に、いいきかせるように、いった。

十津川は、確信を持っていた。外川マリーナに入港し、闇のルートで、高級魚を積みこんで、運ばなければ、今までのように、儲からないからだ。

午後七時を過ぎて、やっと、月明かりのなかで、船が、外川マリーナの、いちばん端の桟橋に、ゆっくりと、近づいてくるのが見えた。

十津川や亀井、県警の広田警部たちが、緊張する。

「やっときましたね」

広田警部が、嬉《うれ》しそうに、いう。

午後七時十六分。問題の船が、桟橋に、接岸した。

船からひとり、黒い人影が、桟橋に降りてきて、接岸を確認しているようだったが、そのほかの人間が、ドッと、降りてくるような気配はなかった。

このまま、じっと何かを待っているような感じである。

「たぶん、どこかからの、指示が届くのを、じっと待っているんだ」

十津川が、小声で、亀井に、いった。

「そうなると、嫌でも、持久戦になりますね」

亀井が、答えた時、十津川の携帯が、鳴った。

すぐ応答する。

電話の相手は、警視庁捜査四課の中村警部だった。

「今、新潟県警から、連絡が入った。新潟港に、入港したロシアの貨物船の乗組員のひとりが、日本の暴力団に、トカレフ十丁と、十丁分の弾丸を、まとめて売ったそうなんだ」

「何という暴力団か、そこまでは、わからないのか？」

「東京の暴力団だということは、わかったんだが、具体的な名前まではわからない。おそらく、君が調べているK組じゃないかね？　もし、K組が、十丁をまとめて、買ったとすれば、組員たちは、十丁のトカレフで武装していることになる」

十津川は、中村の話を、県警の広田警部に、そのまま伝えた。さすがに、広田の顔に緊張が走る。

「トカレフが十丁ですか」

「私たちは、万一に備えて、拳銃を所持してきていますが、そちらはどうですか？」

「われわれも、万一に備えて、全員が拳銃を、持ってきていますが、それだけでは不充分かもしれませんね」

広田は、すぐ、県警本部に電話をして、スナイパーを二人、大至急、こちらに寄越すようにと要請した。

5

雲が出てきて、月を隠してしまった。青白い月明かりが消えて、問題の桟橋の明かりだけが、ポツンとひとつ、点《つ》いている。

接岸している「へいあんまる」は、甲板の明かりを二つ、点けているだけで、船内の明かりは消えている。

幸いなことに、井畑徹と岡本亜紀のコンビが、夜の外川マリーナに入ってくる様子はなかった。

井畑と岡本亜紀の二人は、県警の渡辺警部と、マリーナの管理人、中山勝敏が、トカレフで撃たれて、銚子漁港の海底に沈められていたことは、ニュースを見て知っていたようだが「へいあんまる」のことは知らなくて、日が暮れたので、明日また、取材するつもりで、近くの旅館かホテル、あるいは民宿に、入ってしまっているのだろう。

四十分ほどして、ライフルを持った千葉県警のスナイパー二人が、外川マリーナに、到着した。

だが、依然として「へいあんまる」の周辺には、何事も起きていない。

午後九時を過ぎ、十時になっても「へいあんまる」には、何の変化もなかった。

まもなく午前〇時になろうという時、近くの外川漁港で、張り込んでいた県警の刑事から、広田に連絡が入った。

「今、漁船が二隻、入港してきました。関係者に確認したところ、外川の漁船ではないようです」

と、いってきたのである。

(お客さんがきたのかな)

十津川が、緊張する。

十分後、外川漁港を張り込んでいる県警の刑事から、再び、広田に、連絡が入った。

「今、トラックが、漁港にやってきて、さっき入港した漁船から、何かを、トラックに積みこんでいます。トラックのナンバーは、千葉県のものですね。運転しているのは、若い男です」

「運転しているのは、先日、行方のわかった安藤健太じゃないか?」

広田警部が、きく。

「待ってください。今、暗視装置付き双眼鏡で確認しています」

と、いったあと、

「あ、間違いなく、写真で見た、安藤健太ですね」

亀井が、小声で、十津川に、いう。

「どうやら、安藤健太は、運び屋として、K組に雇われたようですね。地元の人間なら、千葉のナンバーのトラックを運転していてもおかしくありませんから」

「問題は、何を運んでいるのかということだな」

と、十津川が、いった。

6

外川マリーナの桟橋に接岸していた「へいあんまる」のほうでも、急に、船内の明かりが点き、甲板に、人影が出てくるのが見えた。

ワンボックスカーのなかで、十津川と広田警部が、顔を見合わせた。

「いよいよ、作業が始まるようですね」

緊張した顔で、広田が、いう。

「その作業を、黙って見守ろうじゃありませんか？　作業が終わった頃を見計らってから、その船に乗りこんだほうが証拠を押さえられそうですから」

と、十津川が、いった。

トラックがやってきた。すぐ近くの外川漁港から何かを積みこんで、この外川マリーナにやってきたトラックである。

運転しているのは、若い男がひとり。

十津川が、暗視装置のついている双眼鏡を借りて覗《のぞ》くと、間違いなく、運転しているのは、安藤健太だった。

「へいあんまる」から降りてきた人影は、全部で十人くらいだろうか？　その人間がトラックから積み荷を下ろして「へいあんまる」の船内に運びこんでいる。なるべく音を立てないように注意しているのだろうか、物音はほとんどせず、話し声もきこえてこない。

トラックから、すべての積み荷が船内に運びこまれると、空《から》になったトラックは、外川漁港に向かって、戻っていった。

すぐ、漁港の監視に当たっている刑事から、広田の携帯に、連絡が入ってくる。

「こちらでは、また二隻の漁船から、新しい積み荷が、トラックに積みこまれていま す。警部、どうしますか？　取り押さえますか？」

「いや、全部の積み荷が運び終わるまでは、待機しろ」

広田が、慎重に、いった。

再び、トラックが、マリーナにやってくる。そしてまた、トラックから「へいあんまる」のなかに、荷物が、次々と運びこまれていく。それを黙って、じっと見守っているのは、辛い仕事だった。

特に、若い刑事たちにとっては、イライラする時間だろう。拳銃まで用意してきたのだから、車から飛び降りて、桟橋に係留されている「へいあんまる」に飛びこんでいきたい。若い刑事たちは皆、そう思っているはずだ。

だが、問題の積み荷の搬入は、まだ完了していない。

一台のトラックが、外川漁港と外川マリーナの間を、何度も往復する。

何台ものトラックを使えば、一度ですんでしまうものを、一台のトラックで運んでいるのである。何台ものトラックが走り回ったら、それだけで目立ってしまう。だから、わざと一台のトラックを使って、地道に運んでいるに違いなかった。一度、やってくると、三、四日係留されているという話は、うなずけるのだ。

ひとりでトラックを運転していた安藤は、さすがに疲れたのか、途中で交代し、桟橋に腰を下ろして、タバコを吸い始めた。

十津川たちは、何が運びこまれているのかを知ろうとして、暗視装置付きの双眼鏡で、じっと、見ているのだが、荷物は、木の箱に入っているか、あるいは、発泡スチロールの箱に入っているので、中身は、まったくわからない。

外川漁港を監視している県警の刑事から、広田警部の携帯に、また連絡が入った。

「こちらでマークしている二隻の漁船の名前がわかりました。『第六東海丸』と『第十日新丸』です。どちらも、どこの漁業組合に所属している漁船かは、わかりません」

さらに、その二十分後、今度は、

「今『第六東海丸』が、積み荷を下ろし終わったらしく、ゆっくりと、漁港を出ていきます。どうしますか？　押さえますか？」

指示を求めてきた。

「本部長から、海上保安庁に連絡するように頼んでくれ。今、こちらでは騒ぎを起こしたくないので、その『第六東海丸』が洋上に出た後、海上保安庁の船に押さえてもらうんだ」

「わかりました。今、新しい漁船が、入ってきました。『第八陽光丸』こちらもほかの船同様、十九トンの船です」

「その『第八陽光丸』も、荷物を下ろしそうか？」

「そちらから戻ってきたトラックが、こちらで、待機しています。たぶん、新たに入港した『第八陽光丸』の荷物が積み下ろされるのを、待っているのだと、思われます」

さらに十分後、同じ刑事から、広田警部に電話が入る。

「今『第八陽光丸』から下ろしているのは、木箱や発泡スチロールの箱ではありません。ビニールの袋のなかに、高級魚か、何かが、海水と一緒に入れてあるものですね。おそらく、あのなかには、酸素も入れてあるんでしょうね。どうやら、生きたままで運ぶつもりのようですよ」

「中身は見えないのか？」

「見えません。透明なビニールの袋ではなくて、黒いビニールの袋なので、中身が見えないのですが、形や重そうに扱っているところから、なかに入っているのは、海水ですよ。海水と魚です。アワビかもしれません」

その荷物がトラックで、マリーナの桟橋に運ばれてきた。

なるほど、黒いビニールの袋に入っているものだ。それを、こちらでは、そのまま積みこまず、荷物室のドームの屋根を開け、そのなかに、ビニールの袋の中身を、流しこんでいる。たぶん、船倉のあのあたりは、巨大な水槽になっているのだろう。

十津川は、そこに、焦点を合わせて、暗視装置付き双眼鏡をずっと覗きこんでいた。

何かを水槽のなかに、入れていることがわかる。大きな魚、それにアワビのように見る。たぶん、高級魚、あるいは、毛ガニ、イセエビ、アワビなどではないのか？

あらかじめ、船の巨大な水槽に海水を入れておいて、高級魚や、毛ガニ、あるいは、イセエビやアワビを生きたまま、運んでいくつもりなのだろう。

午前三時を過ぎて、外川漁港のほうから連絡が入った。

「今『第八陽光丸』も、積み荷を全部下ろしたらしく『第十日新丸』とともに出港していきます」

「その二隻の船名も、海上保安庁に、連絡しておけ」

広田は、そう指示したあと、十津川に向かって、

「外川漁港に入った三隻の漁船は、すべて積み荷を下ろして、出港していくようです。海上保安庁に連絡してあるので、洋上で捕捉《ほそく》できますが、荷物は、空になっていますから、あまり効果はありませんよ。それより、眼の前のあの船を押さえますか？」

十津川は、迷った。

「桟橋に係留されている『へいあんまる』は、外川マリーナに入港すると、三日か四

日は、係留されているそうです。その間に、何隻もの漁船から、何かを積みこむつもりでしょう。それを待つか、今、乗りこんで捜索するか、私にも、どちらがいいのか、わかりません」

十津川は、桟橋に係留されている「へいあんまる」を、じっと見た。

何の音もきこえてこないから、エンジンは切ってあるのだろう。「へいあんまる」が出港する気配はない。

県警の広田警部も、明らかに迷っていた。携帯で、県警本部に、連絡を取った。

本部長の意見をきいた後、広田は、十津川に向かって、

「もう少し、様子を見ましょう。あの船内に全部の荷物を積みこみ終わった後、乗りこんだほうがいいと、本部長もいっております」

十津川も、それに同意した。

ここは、千葉県の銚子である。あくまでも、ここでの捜査の主体は、千葉県警にあるからだった。

しかし、桟橋に係留されている「へいあんまる」に、もし、出港する様子が見えたなら、ただちに取り押さえる必要があった。

7

夜が明けると、雨が降り出した。細かい、春の雨である。

その雨のなかで、十津川たちは、桟橋に係留されている「へいあんまる」を、じっと見つめた。

「相変わらず、静かですね」

亀井が、いう。そんな気配が腹だたしいのかもしれない。少しばかり、怒ったような口調だった。

「たぶん、あと何回か、ここで何かを積みこむつもりだと思う」

依然として、小雨が降り続いている。

そのせいか、観光客も少なく、あの井畑徹と岡本亜紀のコンビも、どこに消えたのか一向に姿を現さなかった。

雨が降っているので、晴れるまで、宿泊先で控えているのだろうか？

夕方になって、雨はやっと、止んだ。

真夜中になって、また二隻の漁船が、外川漁港に入港した。

その漁船の名前は「海南丸」と「第五太平丸」である。

すぐ、安藤健太が運転するトラックで、二隻の漁船から、積み荷を下ろして、マリーナに係留されている「へいあんまる」に移していく。

今日の昼間、昨日、漁港に入ってきて、怪しげな行動を取った「第六東海丸」「第十日新丸」「第八陽光丸」の三隻について、警視庁と千葉県警が合同で調べたが、実在する漁船だという。ただ、最近は、不漁で採算がとれず、休業状態だというのだ。

それで、危険なアルバイトをしているのか？

外川マリーナの「へいあんまる」に、外川漁港の二隻の漁船から運ばれた物資の積みこみは、昨日と同じ、午前三時頃には終わり、また、静かになった。

「海南丸」と「第五太平丸」が、出港していく。

この二隻の船名も、海上保安庁に連絡してあった。

それでもまだ「へいあんまる」は、動こうとしない。おそらく、船倉にまだ、余裕があり、まだ何回か荷が運ばれてくるからだろう。

十津川たちは、さらに、もう一日、様子を見ることにした。

三日目、今までの二日間は、十九トンの漁船ばかりだったが、三日目は、九トンの小さな漁船が五隻も、外川漁港に入ってきた。

この時も、午前〇時を過ぎてからである。

深夜の積みこみが始まった。

ただし、今回、漁船から積み下ろし、トラックで「へいあんまる」に運ばれていく積み荷には、前の二日間のものとは、少し違っているように、十津川には、思えた。

今回の積み荷は、今までのような木箱に入った魚や、ビニールの袋に入った海水と魚やアワビなどではなくて、彩色された箱に入っていたからである。

今までのように、魚が入れられた木箱と、思われるものは、かなり乱暴に、扱われていたのだが、今日の品物は、丁寧に扱われていた。

どうやら、闇のルートで輸入された貴金属か、あるいは、偽物のブランド品または薬物なのか？

積み終わると、今まで、使っていた手押し車などを、桟橋の端にある物置に格納している。

それを見て、十津川の表情が、変わった。

「これからすぐに、出港するかもしれませんよ」

十津川が、県警の広田警部に、いうと、広田も、それに、気づいていたらしく、

「エンジンがかかったら、すぐ、踏みこみましょう」

十津川と亀井、それに、県警の刑事たちは車から降りると、足音を忍ばせ、ゆっくりと桟橋に、近づいていった。

突然、エンジン音が起きた。

「へいあんまる」の船尾で、海水が湧きあがった。船尾に取りつけられた強力なエンジンが、始動したのだ。

「いくぞ！」

大声で、広田警部が、怒鳴り、刑事たちは、いっせいに走り出した。

それでも「へいあんまる」が出港しようとする。

その操舵《そうだ》室に向かって、スナイパーがライフルを撃ちこんだ。

拡声器が叫ぶ。

「『へいあんまる』に告げる。ただちに、出港を取り止めろ。さもなければ、操舵室にいる船員を射殺するぞ」

その時、突然、甲板の上に、若い男女が、現れた。

その顔に、見覚えがあった。

「T＆R（旅と鉄道）」の若い二人だ。

「馬鹿野郎！」

と、思わず、十津川は、怒鳴った。

(なぜ、そんなところにいるんだ!)

第七章　終着点へ

1

形勢が逆転した。

甲板上の男のひとりが、いきなり、夜空に向かって拳銃を、発射した。

悲鳴をあげたのは、若い女性カメラマン、岡本亜紀だった。

船員のひとりが、ナイフを握って、近づく刑事たちに向かって、大声で怒鳴った。

「お前たち、船から離れろ！　さもないと、この二人を殺すぞ」

船員のひとりが、カメラマンの岡本亜紀を、殴ったか、あるいは、蹴飛《けと》ばしたかしたのだろうか、暗闇《くらやみ》のなかから、また、若い女性の悲鳴がきこえた。

やがて、エンジンの音が大きくなり「へいあんまる」がゆっくりと、桟橋を離れていく。

「離れるんだ。撃つなよ」

十津川が、叫び、千葉県警の広田警部も、叫んでいる。

十津川たちは虚しく、動き出した「へいあんまる」を、ただ黙って、見守るより仕方がない。

その時、十津川の横にいた亀井刑事が、突然、何かを「へいあんまる」に向かって、投げつけた。

暗闇のなかで、投げたので、亀井が、いったい何を投げたのか、果たして、船のどこに、当たったのか、十津川には、見当がつかなかった。

一方「へいあんまる」は、まるで、勝利の勝ちどきを、あげるかのように、二、三度、大きく汽笛を鳴らして、マリーナから、姿を消していった。

「へいあんまる」が、夜の闇に、消えていった途端に、桟橋にいた刑事が、大声で叫び出した。

「すぐ海上保安庁に連絡しろ！」

怒鳴っているのは、千葉県警の広田警部だった。

「海上保安庁に連絡する時には、民間人の人質が二人『へいあんまる』に乗っていることも、忘れずにいうんだ。忘れるな！」

十津川も、怒鳴るように、いった。

夜が明けた。海上保安庁からの連絡で「へいあんまる」が、行方不明になっていると教えられた。

今、どこにいるのか、現在位置がつかめないというのである。

その一方で、一応、解決を見た部分も、あった。

外川で、トラックを運転していた安藤健太が、逮捕された。

外川マリーナで「へいあんまる」に積み荷を移していた漁船「第六東海丸」「第五太平丸」「第十日新丸」「第八陽光丸」そして「海南丸」の五隻は、外川マリーナから、外洋に、出たところで、待ち構えていた海上保安庁の巡視船に、すべて、確保された。

千葉県警に逮捕された安藤健太は、刑事の尋問に対して、いっさい、何もしゃべらずに黙秘を、続けていた。

海上保安庁が確保した五隻の漁船には、一隻当たり二人ないし三人の漁船員が、乗っていたのだが、肝心の積み荷は、すでに、下ろしてしまった後なので、漁船員の誰もが、自分たちは、問題になるようなものは、何も積んでいなかったと、主張した。

十津川は、いったん亀井と一緒に、東京に戻ると、海上保安庁にいき、担当者から、現在の状況をきくことにした。

2

担当者は、浜田という、四十代の男だった。

十津川が、現在の状況についてきくと、浜田は、

「現在『へいあんまる』という船について探索を進めていますが、残念ながら、まだ見つかっておりません。何しろ、海というのは、広大でしてね。そのなかで、千トンという、小さな船を捜すのは、大変な作業になるんですよ」

「これは、問題の船を、捜し出すのに、役に立つのかどうかは、わからないのですが、私は、逃げる『へいあんまる』に、自分の携帯電話を、投げつけました。あれが、もし、船のなかに落ちていて、正常に作動しているとすれば、GPS機能がついているので『へいあんまる』を捜す時の参考になるかもしれません」

亀井は、携帯の番号を、浜田に伝えた。

「そうですか。役に立つかもしれません。その亀井刑事の携帯が、今も『へいあんまる』の船内にあるという、はっきりとした確信は、あるわけですか?」

「確信は、ありません。船員に見つかって、すでに、捨てられてしまっているかもしれません」

亀井が、いい、十津川は、

「確保された五隻の漁船ですが、その後の海上保安庁の調査で、何か、わかったことはありませんか？」

「この五隻ですが、いずれも、主として、関東地方にある、三つの漁業組合に所属していた漁船でした。しかし、五隻とも、すでに、廃船手続きが取られていたんですよ」

「廃船ですか？」

「ええ、そうです。最近の漁業の不振、後継者問題、それに、燃料の値あがりなども、あって、どの漁業組合でも、持ち船を、処分している漁師が多いんです。この五隻も、そうした理由で、すでに、廃船処分になっているんです。それでは、漁船が少なくなったから、その分、一隻あたりの儲《もう》けが大きくなるかというと、そうもいきません。また、こうした廃船を、安値で買い取る連中もいるのが、現状です」

「しかし、それでは、漁師が前と同じような漁をしていたのでは、大して儲からないのでは、ありませんか？」

「ええ、儲かりません。その上アウトローの人間がやるのが、密漁ですよ、密漁。確保した五隻とも、漁業関係者以外の人間が使っていたんです。密漁のために、馬力の大きい船外機を積んでいました」

「実際に、日本の各地では、そんなに、密漁が盛んにおこなわれているのですか？」

「ええ。かなり多いですね。最近のこの不景気で、密漁が、さらに増えたのではないかと、思っています。例えば、ある漁業組合の場合、アワビの漁獲量が、以前は、年間八十億円もあったのに、最近では、密漁が続いたために、半分の四十億円にまで、落ちこんでしまったというのです。今や、全国の漁業組合にとって、密漁の増加は、大きな問題になっているんです」

「そうですか、今、密漁は、そんなに多いのですか」

「以前は、闇に紛れてアワビを密漁し、見つかったら、逃げる。そのために、馬力の強い船外機を、使うというのが密漁の主流だったんですがね。最近は、少しばかり、やり方が、大胆というか、乱暴になってきています。例えば、ある漁港の冷凍倉庫に、冷凍したマグロがたくさん保管されていた。そこに、夜、トラックで、乗りつけてきて、力ずくで冷凍マグロを奪って、逃げてしまうという、そんな事件まで、ありましたよ。伊豆にある漁港には、たいてい、生簀《いけす》がありましてね。タイやヒラメの幼魚を、飼っていて、つまり、いわゆる養殖業が、盛んなのですが、そこに、夜、忍びこんでいって、丸々と太ったタイやヒラメを、盗んでいってしまう。そんなことも、ここにきて多くなってきたんじゃないでしょうかね？」

「そうした密漁で、手に入れたタイやヒラメなどを『へいあんまる』を持っているH観光が買い取っていくシステムが、できてきたわけですね？」

「そういえますね。密漁で手に入れたヒラメやアワビ、あるいは、イセエビなどを、ルートに乗せて、買い取るようにしたんですから」

「それに、新宿のK組が、関係してきたということですか？」

「K組は、たぶん、この仕事は、儲かると思ったんでしょうね。それで、K組の幹部、小野寺一郎たちが、この事業をやるための会社、一応、H観光といっていますが、そういう会社を、立ちあげて、この事業に参画してきて、たぶん、そのなかの、ダーティな部分を引き受けたのでしょう。ところが、最近は、この事業が、金になるという話をききつけて、グループや個人で、金を出そうという人が増えてきていたといわれています」

「それは、よくわかります。私たちが捜査している、東京と銚子で起きた殺人事件も、この事業に対して、いくら投資するかというところから起きていますから、よくわかります」

十津川が、うなずき、亀井は、

「問題の五隻の漁船ですが、どの船にも、二人か三人の漁船員が、乗っていたそうですね？」

「そのとおりです」

「乗っていたのは、どういう人間が、多いんですか？」

「この不景気で、仕事を失った若者も、何人かいましたよ。もちろん、船を動かすわけですから、ひとりは、そのための、船舶免許を持っていなくてはいけないのですが、他のひとりか、二人は、今いった仕事が見つからない若者とか、逆に、五十代で、会社をリストラされた男とかいろいろですね。なかには、暴力団員もいました」

「全員が黙秘しているか、あるいは、犯行を否認しているそうですね」

「そうです。何しろ、われわれが船を確保した時、積み荷は、すでに、空になっていましたからね。密漁で手に入れた海産物を、外川マリーナに持っていって、H観光に、売ったのではないかと追及しても、否定されてしまうと、証拠がないので、それ以上、追及ができないんです」

「今、彼らは、どうなっているんですか？」

「現在、こちらで、身柄を確保している人間は、全員で十三名ですが、釈放はしていません。もし『へいあんまる』が見つかれば、当然、証拠も、見つかるわけですから。そうなれば、彼らが、いくら犯行を、否定しても、いい逃れることは、できなくなります。それを期待して、四十八時間は身柄を留めておいて、尋問しようと思っています」

浜田が、いった。

「七十二時間というと、あと、二日ですね。それまでに『へいあんまる』が見つかるといいのですが」

十津川が、いうと、浜田は、無言で、大きくうなずいた。

3

最後に、十津川は、もう一度、浜田にきいてみた。

「浜田さんは『へいあんまる』が、現在どのあたりにいると、思われますか？」

「おそらく、現在は、洋上で、様子を見ているでしょう。しかし、いつまでも、海上を逃げ回っているわけにはいかないと、思うんですよ。何しろ、密漁までして獲った、高価な海産物を、船一杯に、積んでいるわけですからね。一刻も早く、それを、どこかの港で売ろうとするはずです」

「積んでいるのは、たしかに、高価な海産物ですが、同時に、密漁の証拠でもあるわけでしょう？ 航行中に、それを、海中に捨ててしまうことは、ないでしょうか？」

「もちろん、可能性はありますね。しかし、人間というのは、面白いもので、手の届かないところに高価な品物があっても、あまり欲しいとは、思わないものなんです。ところが、自分のそばに、一匹百万円以上も、するような、大きなマグロがあれば、何とかして、それを、金にしたいと思うんです。人間って、そういうものでしょう？」

「そうはいっても『へいあんまる』に積んでいる海産物は、密漁で獲ったものですから、いわば、犯罪の産物というわけでしょう？ そんな事情をすべて承知の上で、買おうとするところがあるんでしょうか？」

「これもまた、面白いもので、大金が儲かるとなると、危険を冒す人間とか、会社が、どこからか現れてくるものなんですよ。ただ、今回の事件が、新聞やテレビで、あまりにも、大きく報道されてしまうと、さすがに、ためらって、買い手がつかなくなる恐れがあるので、先日、警視庁と千葉県警に、事件については、簡単な会見しかしないでおいてほしいと、お願いしたのです」

「ええ、そちらから、そういう要望がありましたから、われわれは、記者会見で、密漁という言葉は、出していません。ただ、外川マリーナに、管理費も払わずに、不法に栈橋を占拠していた貨物船があったので、マリーナ側からの要請を受けて、千葉県警が、その船を、排除した。また、警視庁では、都内で起きた殺人事件が、銚子に関係がありそうなので、現在、捜査を続けている。記者会見では、それだけしか、しゃべっていません」

「ありがとうございます。このままいけば、現在、公海上を漂っている宝船を、自分のところに、呼び寄せようとする会社が、必ず、出てくるはずです。それを今、辛抱強く、待っているところなんですよ」

「『へいあんまる』が、どこの港にいくことになったのかが、わかりましたら、すぐに知らせてください。われわれは、港のなかで『へいあんまる』を確保し、その場で、犯人たちを逮捕したいのです」

4

東京の捜査本部に戻った十津川のもとに、八時間後、海上保安庁の浜田から、電話が入った。十津川が、電話に出ると、

「ついに見つけましたよ」

いきなり、浜田が嬉《うれ》しそうに、いった。

「『へいあんまる』が見つかったんですか?」

「いや、そうではありません。見つかったのは、そちらの、亀井刑事の携帯電話の位置です」

「亀井刑事の携帯は、現在、どこにあるのですか?」

「八丈島の沖合を、西に向かって、移動しています。その位置は海上ですから、間違いなく、船の上だとわかりますが、その船が『へいあんまる』であるかどうかは、未だ、特定はできません」

「飛行機を飛ばして、その船が『へいあんまる』かどうかを、確認することはできませんか?」

と、十津川が、いうと、浜田は、

「外を見てくれませんか？」

「外ですか？」

「そうですよ。窓の外を見てください」

十津川が、いわれるままに窓の外に目をやると、雨が降っていた。

「風がないので、飛行機は飛べますが、この天候では『へいあんまる』を、発見するのは、ちょっと難しいですよ。もし、船が見つかったとしても、雨のなかで、船名を確認するのは、もっと難しい」

「今、浜田さんは、問題の船は、八丈島の沖合を、西に向かって、進んでいるとおっしゃいましたね？」

「ええ」

「その船が『へいあんまる』とすると、どこに向かうつもりなんでしょうか？」

「この雨のなかを動いているわけですから、おそらく、積み荷の買い手がついて、どこかの港に寄って、そこで、売却するつもりだと思っていますが、まだ、どこの港と、特定できません」

「もし、行き先がわかったら、すぐに教えてください」

と、十津川が、いった。

5

夜が明けてきた。

それに合わせるように、海上保安庁の浜田から、連絡が入った。

「どうやら、串本港に向かっています」

「間違いないのですか？」

「間違いないと、思いますよ。問題の船は、いぜんとして、八丈島の沖合を西に向かって動いていますが、そこから、西にある主な港、漁港、マリーナなどに全部、連絡を入れて、確認してみたんですよ。すると、ほかの港、漁港、あるいはマリーナなどは、はっきりと、問題のある船が、自分のところに入港する予定はありませんと、否定しているのに、なぜか、串本港だけは、その船が、入港するとも、しないともいわないで、曖昧《あいまい》な答えしか、返してこないのですよ。それで『へいあんまる』は、串本港に向かっていると見て、まず、間違いないと、思うのです」

「なるほど」

「私の判断が間違っている可能性もありますから、串本港で決まりということではありません。あくまでも、その可能性が、高くなったということですから、十津川さんも、そのつもりで、きいていていただきたいのですよ」

浜田は、慎重ないい方をしたが、十津川は、ほぼ七十パーセントの確率で「へいあんまる」は、南紀の串本港に、いくだろうと、判断した。とにかく、浜田は、海の警察なのだ。

十津川はすぐ、部下の刑事を連れ、総勢十名で、東京を出発した。

昼過ぎ、十津川たちは、串本に着いた。

まず、串本警察署にいき、十津川は、署長に会った。

「県警本部には、あなたから、話していただきたいのですが、私たちがここにきたのは、銚子の外川マリーナのことがあったからなんです」

十津川は正直に、外川マリーナで起こった事件を、そのまま伝えた。

署長は、ビックリした顔で、

「そんな大きな事件が、銚子で起こっていたとは、知りませんでした。新聞も、テレビも、何か、小さな事件のように、報道していましたからね」

「あれは、わざと、発表を控えたのです。何しろ、二人の人質を、取られていますし

『へいあんまる』を、何とか、ここの串本港に入れてしまいたいのです。そうしないと、人質を救出することは、できませんし、犯人も、捕まえられません。それに、証拠も、押さえられませんから」

「それで『へいあんまる』が、この串本港に、くるのは、間違いないのですか？」

「今もいったように、七十パーセントの可能性があると、思っているのです。それで、こんな噂《うわさ》をきいていませんか？　千トンの貨物船で、積み荷として、高価な海産物を積んでいる船がある。その船が、この串本にやってくるという話は、きこえてきませんか？」

「まったく、きこえてきませんが」

「それでは、最近、この串本に、新しい会社は、進出してきていませんか？」

「会社というと、例えば、どんな会社ですか？」

「そうですね、H観光とか、あるいはH観光の串本支店です」

署長はすぐ、確認するといって、市役所の観光課に電話をした。

観光課の担当者に、最近、串本に新しい観光会社ができなかったかと、署長がきくと、一カ月ほど前に、東京の観光会社が、港の近くに、事務所を作ったが、ここ二、三日は、社員の姿が見えないという返事だった。

その会社の名前は、T観光である。

「おそらく、明日あたりから、T観光という会社の事務所には、社員が、集まってくると思いますよ」

十津川が、いった。

「本当に、社員が、集まってくると思いますか?」

「思いますね。その事務所に社員が集まってきたら、私が話した『へいあんまる』の入港も近いと、考えなければなりません」

「本当に、その船は、密漁で、手に入れたヒラメなどの高級魚や、アワビなどを、積んでいるんですか?」

「積んでいるはずです。T観光の事務所に集まってくる社員たちは、その海産物を、売り払おうとすると、われわれは、考えています」

「その全員を、逮捕したいわけですか?」

「そうです。全員を、逮捕するつもりです」

「その船には、人質がいるわけでしょう?」

「二人います。東京の、R出版の、編集者と、女性カメラマンです」

「県警は、どう協力したらいいでしょうか?」

「相手は、武装していますから、こちらも武装する必要があります。われわれは全員が、拳銃を、所持してきていますが、県警も、同じ覚悟で協力していただきたい」

もし、再度逃がしてしまえば、連中は諦《あきら》めて、密漁で得たすべての海産物を、海に廃棄してしまうだろう。そうなれば、証拠がなくなってしまう。それに、二人の人質も危くなる。

時間がたつと、高級車を連ねて、何人かの男たちが、T観光の事務所に集まってきた。

全員が、積み荷の買い手に、違いなかった。串本港に、宝の山を積んだ貨物船が接岸するときいて、それを買いに、集まってきたのである。

しかし、今は、彼らを逮捕するわけにはいかなかった。

おそらく、連中は、大金を懐にしているだろうが、彼らが買いたい品物は、まだ、着いていないからである。

海上保安庁の浜田から、三度目の電話が、十津川に、かかった。

「今日の深夜『へいあんまる』と思われる貨物船が、串本港に、入る予定です」

そのとおり、雨があがった午前一時過ぎに、あの船が入港した。

船名の色が変わっていた。たぶん、逃走中に、自分たちで、船名の色を、素早く、塗り替えたのだろう。

T観光の事務所に集まっていた男たちは、東京や名古屋、大阪から何台もの大型トラックを、串本に持ちこんでいた。それに、船の荷物を積み替えて、運ぶつもりなのだ。

十津川たち十人、それに、県警の刑事二十人、さらに、串本署の警察官二十人が、荷物の積み下ろしが始まるのを、じっと、待った。

串本から出る国道42号線、そこには、県警が、密かに検問所を設け、串本港からやってくるトラックを、一台残らず、押さえることにした。

そうしておいて、十津川たちは、かけ声もかけず、ひとりずつ船内に、潜入していった。それは、人質の二人を、何とかして、無事に助け出したいからだった。

「へいあんまる」の船員たちは、自分たちが入港しても、何の抵抗も受けず、港の岸壁にも、刑事らしい人影が、なかったので、安心していた。

十津川たちは、無言で船内を捜し、船員に出会うと、ひとりずつ拳銃で脅かし、あるいは殴りつけて、処理した。

船員のひとりが、

「人質の二人は、船長室にいる」

というのをきいて、十津川たちは、船長室に向かった。

船長室には、井畑徹と、岡本亜紀の二人が縛られ、床に転がされていて、ピストルを持った船員ひとりが、二人を、見張っていた。

十津川と亀井の二人は、船長室のドアを叩き、顔を出した船員を、十津川が、無言で殴りつけた。そうしておいてから、十津川は、合図の拳銃を、二発撃った。それは、逮捕決行の合図だった。

人質の安全が、確保できた以上、遠慮は無用だった。

十津川の連れてきた刑事たち、県警の刑事二十人が、いっせいに、拳銃を使って、船員たちの逮捕を始めた。抵抗する者には、警告射撃の後、遠慮なく、といっても、足に向けて、撃ち始めた。

犯人たちもトカレフを持っていて、必死に応戦し始めたが、油断をしていたのと、人数の差から、たちまち、ひとり二人と逮捕されていった。

二時間余りで、すべてが、終わった。

「へいあんまる」に乗っていた犯人は、全部で十二人。そのなかには、K組の幹部、小野寺一郎も含まれていた。

十二人のうち、抵抗して負傷した者が五人、さらにひとりは、逃げようとして、甲板から海に飛びこみ、危うく溺死《できし》しかけて、県警の刑事に、助けられた。

負傷した者は、救急車で串本市内の病院に運ばれ、そのほかの六人は、串本警察署に連行されて、尋問を受けることになった。

儲けようとして、串本港にやってきた東京などからの買い手は、トラックに海産物を積みこめずに逃走しようとした途中、国道42号線に、設けられた検問所で、全員が逮捕された。

金で雇われた運転手は、すぐに、釈放されたが、密漁で手にした海産物を、買おうとした男たち七人が、串本警察署に、留置されることになった。

逮捕された犯人たち六人を、すぐに、尋問しなかったのは、千葉県警からも、銚子で起きた殺人事件を、担当している広田警部たちがこちらに、向かっているということなので、広田警部が着くのを待つことにしたのだ。そのため、犯人たちに対する尋問は、翌日からになった。

犯人たちのなかに、K組の幹部、小野寺一郎、四十一歳と、もうひとり、組員の野中久幸、三十歳がいて、この二人が、リーダー格で、命令を出していた、とわかった。

この二人の尋問は、警視庁の十津川と、千葉県警の、広田警部の二人が、受け持つことになった。

小野寺一郎は、黙秘権を、使うわけでもなく、逮捕されて、腹を据えたのか、尋問に対して淡々と答えていった。

ただ、今回のことは、すべて、自分と野中久幸の二人が、やったことで、K組とは何も関係ないと主張した。

「今回の事件だが、本当に、K組は関与していないのか？」

「もし、警察に、そのことを、信じてもらえないとなると、俺も、これから先、何もしゃべれなくなりますよ」

脅かすように、小野寺が、いった。

十津川は、苦笑した。

「わかったよ。その言葉を、信じてやるから、お前たちが、関わった殺人について、正直に話してもらいたい。まず、東京で起きた殺人事件だ。その犯人は、誰なんだ？」

「俺と野中の二人で、H観光という、表向き、旅行を扱う会社をでっちあげた。あんたたち警察も、想像しているように、密漁で捕獲した高級魚や、あるいはイセエビやアワビなどを売りさばけば、それも、ひとつのルートを作って、定期的に売れば、必ず、儲かる。そう計算した。廃船処分になる千トンの貨物船を手に入れ、それを改造して、この船で、定期的に、密漁の魚介類を、売りさばくことにしたんだ」

「それで、本拠地として選んだのが、銚子の外川マリーナだな？」

「ああ。銚子は、漁港として有名だが、外川は、すっかり、寂れてしまって、今は、ほとんど、取り引きがない。そこを、狙《ねら》ったんだ。俺たちが考えたとおり、間違いなく金になったよ。ただ、もっと儲けるには、金が足りなかった。『へいあんまる』という船は手に入ったが、俺たち二人だけで、できるわけがない。最低でも、あと二十人くらいは、人間が必要だったが、集まったのは九人、俺と野中を入れて十一人が、取り引きを担当することになったんだ。そのなかには、トラックの運転に雇った男もいる。インターネットを使って、金集めもした。絶対に儲かる仕事、つまり、海産物を安く売買する会社を作ったから、それに、資金を出してくれれば、年利十パーセント以上の配当を保証する。そういうメッセージを載せたんだよ。世の中には、楽をして、金儲けをしたいと考えている人間が、わんさといるから、たちまち、資金を提供したいという人間が、何人も、集まったよ。俺は、そのひとりひとりと会って、本当のところを、説明したよ。そうしないと、連中は、金を出そうとは、しないからね。とにかく、正規の販売ルートには乗っていない海産物がある。マグロやタイやイセエビやアワビだ。今の日本には、平均というものはなくて、高いものをやたらにありがたがる金持ちと、安いものしか買えない貧乏人とがいる。高いものなら、いくら高くても、買うという金持ちを相手にして、金を儲けるんだといったら、出資者は、すぐ集まったよ」

「東京で、消費者金融の支店長、野崎康幸が殺された。これは、お前たち二人の、犯行なんだろう？」

「ああ、そうだ」

「どうして殺したんだ？」

「あの野崎康幸という男も、欲に目がくらんで、とにかく一千万円をかき集めて、出資するといってきたんだ。それならそれで、俺たちのことを、信用して、黙って、一千万円を預ければいいのに、まあ、心配だったんだろうな。おれたちには、内緒で、銚子電鉄で外川までやってきて、話をきき回ったり、外川マリーナを、調べたりしていたんだ。その上、契約書を、書いてくれといいやがった。危ない仕事をやるのに、そんなものを書けるか。野崎の奴、調べているうちに、不安になったんだろうね。一千万円を、出資はするが、絶対に年利十パーセントの配当を支払うこと。また、元金も保証すること。この二点を約束するという、そういう内容の契約書を書いてくれといってきたんだよ。そんなもの、書けるわけがないだろう？」

「どうして書けないんだ？」

「そんなものを書くことは、わざわざ自分から、犯罪の証拠を、残すようなものじゃないか？　そんな危ないこと、できるわけがない。野崎の奴は、契約書を書いてくれと何度も、執拗《しつよう》に要求し、書いてくれないのなら金を、出さないといってきたんだ。これ以上、奴を、自由にしておいては、こっちがヤバくなってくる。そう考えて、仕方なく、殺すことにしたんだ。野崎からは、二百万ほどの金を預かっていたが、もちろん、一銭も返さなかったよ。これは手付金だからな」

「私立探偵の本橋哲平という男を、銚子の犬吠埼で殺したのも、もちろん、お前たちの仕業なんだろう？　どうして、本橋哲平を殺したんだ？」

千葉県警の、広田警部が、きいた。

「あの私立探偵も、おれたちの仕事は、これは、儲かると思って、一千万円を出資したい。そう、申し出てきたんだ。ところが、この男もまた、いろいろと細かいことを、いってくる男でね。たかが一千万円じゃないか。それなのに、野崎康幸と一緒で、もう、話がついているのに、銚子にやってきて、何かを、調べようとしているから、待ち合わせて、犬吠埼で会ったんだよ。そうしたら、損をするのは、嫌だから、元金保証とか、配当は年利十パーセント以上だということを、きちんと、書面にしてくれというんだ。それをきいて、俺は、馬鹿らしくなったし、頭にもきたから、犬吠埼で殺してやった。あの調子だと、口だって、軽いだろうから、生かしておいたら、これが、警察に漏れる恐れもあったからな。それで、口をふさいでやったのさ」

「渡辺警部が殺されて、銚子漁港の海底に沈められていた。それからもうひとり、外川マリーナの管理人をやっていた、中山勝敏という男も、銚子漁港に沈められていた。この二人を殺したのも、お前たちだな？　どうして殺したんだ？」

「俺たちは、H観光という会社を作り、銚子の外川マリーナを使って、金儲けをしようと考えた。警察が、銚子漁港をマークしても、構わないが、外川マリーナに目をつけられては困る。だから、本橋哲平も、犬吠埼で殺したんだ。ところが、渡辺というあの警部は、われわれのやっていることに、どうして、気がついたのかは、わからないが、一回二回と、銚子電鉄の終点、外川までやってきて、漁港を調べたり、マリーナを、調べたりし始めた。もし、外川マリーナのことを気付かれると、せっかくのおいしい金儲けの話が、オジャンになってしまうじゃないか？　それで、あの警部を呼び出して、殺してやった。あんたの調べていることだけど、本当のことを、話してやるよといったら、喜んで、俺に会いにきたから、それで殺したんだ。もちろん、外川マリーナに、沈めたら大変だから、わざわざ銚子漁港まで、運んでいって、そこで沈めたんだ。結構、手間がかかったよ」

「外川マリーナの管理人の中山勝敏のほうは、どうなんだ？」

「あの男は、もう、六十二歳だよ。年金だって、もう数年もすれば、もらえるんだ。だから、大人しくして、俺たちのいうことを、きいて、マリーナの管理人を、やっていればよかったんだよ。俺がちゃんと、毎月、手当てを、払っていたんだからな。ところが、県警の渡辺警部の件があって、中山は、俺たちを脅かせば、もっと、金が手に入ると、思ったんだな。ある日、俺のところに、一枚の写真を持ってきて、これを、一千万円で買ってくれといいやがったんだ」

「中山は、どんな写真を、買ってくれといったんだ？」

「外川マリーナに『へいあんまる』が、入っている写真だよ。中山勝敏は、マリーナで『へいあんまる』が、何をしているかまでは、わからなかったらしい。ただその写真を使って、俺たちを、脅かせば、金になることだけは、何となく、わかったんだろうな。一千万円で、買い取れといってきたから、俺は、キレてしまった。たかが、マリーナの管理人に、それも、ちゃんと、毎月、手当てをやっているのに、たった一枚の、写真に一千万円も払う馬鹿が、いったい、どこにいるんだ？　そこで、奴の口も、封じなくては、後々、厄介なことになると思って、渡辺警部と同じように、銚子漁港の海底に沈めてやったんだ」

「北千住に住んでいた、安藤健太という、あのチンピラだが、この男も、H観光が雇っていた人間だったのかね？　安藤健太は、こちらの尋問に対して、何も答えないんだがね、そのあたりは、どうなっているんだ？」

「ああ、あの男ね」

そういって、小野寺は、初めて、笑顔を見せた。

「奴は、酒好きの、気のいいチンピラだよ。まあ、チョロチョロ、勝手に動いてもらっては困るので、トラックの運転をやってもらうことにして、月に二十万ほどの小遣いをやっていたんだ。そうか、安藤は、黙秘権を使っているのか。そいつはいい。見かけによらず、なかなか、根性のある奴なんだな」

そういって、小野寺は、また、ニヤリと笑った。

6

H観光が密漁した海産物、タイやヒラメやイセエビやアワビなどは、県警に押収され、それは串本漁港の冷凍室に、いったん保管されることになった。

海上保安庁の浜田から連絡があった。串本港で、H観光の社員が逮捕されたことを知らされて、確保された五隻の漁船の乗組員たちが、いっせいに、自供を始めたと知らせてきたのである。

その自供が、どんなものなのかを知りたくて、十津川は、亀井と東京に戻り、海上保安庁に、浜田を訪ねた。十津川が、乗組員たちの、自供の内容が知りたいというと、浜田は、取り調べの模様を収めたテープを、きかせてくれた。

いちばん多かったのは、アワビの密漁だった。

アワビの養殖は、日本中の海岸でおこなわれている。

ただ、漁業組合が、アワビを増やすために、海を使って養殖していることを知らない人間も多くて、すべての海岸のアワビが、天然のものと思い違いをして、勝手に潜っては、獲ってしまう者がいる。

最近、それに味をしめて、漁船を使って、大々的に密漁する人間が多くなってきたのだという。

犯人のひとりが、こう、自供していた。

「私は、神奈川県の海岸沿いの町に、住んでいます。潜りが得意なので、ある日、ボートで海に出て、素潜りで、アワビを獲っていました。悪いことをしているとは、思いませんでしたが、ある時、漁業組合の人に、見つかって注意されてしまいました。ところが、それから二、三日もすると、突然、男から、電話がかかってきて、金儲けをしないか？　君ならば、簡単に、金儲けができると思うよ。そういって誘われたのが、アワビの密漁でした。ちょうど仕事もなく、金も欲しかったので、誘われるままに、電話の男と、会いました。すると、仲間が何人かいて、ボートも提供され、アワビを獲る道具も、渡されました。密漁したアワビは、その日のうちに、買い取るともいわれました。これはいい金儲けになる。そう思って、朝早くか、夜になってから、密漁をしていました。私は素潜りができるので、アワビを獲るのは、簡単でしたし、それが、すぐに金になるのが嬉しくて、毎日のようにやっていました」

7

次は、全国の漁港にある冷凍倉庫から、マグロやイセエビ、毛ガニといった高級な魚介類だけを盗み出すという犯行を、何度も続けていた犯人の自供である。

これは別に、漁師としての、技術は必要ないから、度胸と、素早さがあれば、誰でもできる。だから、最近の不況で、職を失った若者たちが、犯人だった。

そのなかのひとりは、いう。

「今まで、派遣の仕事をやっていたんだけど、不況の影響で、突然、仕事が、なくなってしまった。仕方なくハローワークに通っていたら、そこで、いい仕事があるよって、誘われたんですよ。声をかけてきたのは、ちょっと怖い感じのするお兄さんだったから、おそらく、あれが、K組の組員ではなかったかと、思いますね。体が頑健で、度胸さえあれば、儲かる仕事がある。頑張れば、一月《ひとつき》に五十万は堅い。そういわれたので、どんな内容の仕事なのかも、わからないままに、引き受けたんですよ。僕と同じように、ハローワークで声をかけられて、集められた者が、僕の周りには二人いたかな。漁船に乗せられて、どこかの漁港にいき、まず、そこに、係留するんです。そのあと漁港にある冷凍倉庫に目をつけます。その倉庫に、マグロやカニ、イセエビなどの、高級な魚介類が、大量に保管されている時を狙って、夜中に、持ち出してくるんですよ。それを、漁船に積んで逃げる。もちろん、見つかったら、大変だけど、仕事そのものは、誰にでもできる、簡単なものでしたね。とにかく、冷凍されたマグロやカニを運び出すだけで、いいんですから」

8

三番目は、穏やかな湾のなかに、生簀を作って、タイやヒラメを養殖しているところを狙った、連中である。

今、日本では、タイやヒラメを幼魚のうちに仕入れて、毎日、エサを与え、大きく成長させてから出荷するのだが、逮捕された連中は、その養殖されたタイやヒラメを盗み出していたのである。

こちらは、まず、ある程度の泳ぎができなければならない。それに、網の使い方も、一応は心得ていることが大切だ。それでも、難しい時には、生簀のなかのタイ、ヒラメに、電気ショックを与えてから、運び出した。

こちらは、何かの事情で、漁師の仕事が続けられなくなったという、そうした中年の男が、多かった。

そのひとりが、こう自供していた。

「この仕事は、警察に捕まる恐れが、多分にありましたので、毎日が、緊張の連続でした。向こうだって、せっかく、幼魚の時から、育て、ようやく、大きくしたタイやヒラメを奪われたら大変ですから、用心していますからね。それでも、雨が、降ったりした日とか、あるいは、お祭りの日とかには、向こうも、警戒が緩んでいるんです。そういう日の夜、小型の漁船に馬鹿でかい船外機をつけて、生簀に近づいていきます。海中に潜りこんで、漁《と》るのが、一番いいんですが、時には、泳いでいる魚に電気ショックを与えて、いっぺんに何匹もつかまえたこともあります」

「見張りが追いかけてきた時には、どうするんだ？」

「そういう時は、とにかく、船のスピードに任せて、全速力で、逃げるんですよ。今までに捕まったことは、一度もなかったんですけどね」

最後の犯人は、定置網の張られた海にいって、魚を、横取りしてしまうという仕事だった。

テープに録音されていた犯人の、自供によれば、この仕事は、それほど、難しくなかったという。

定置網というのは、海岸から少し沖合にいったところに、張られた網のことである。すぐに、網を取り換えたりはしないから、周辺に住んでいる人々にとっても見慣れた景色である。

だから、その定置網のそばに、小型の漁船が、停泊していても、怪しむ者は、別にいなかった。

「定置網というのは、魚のいそうな場所に、大きな網を、広げておいて、魚を、その網の奥へ奥へと、誘導していくというやり方です。網のいちばん最後のところに、入ってしまうと、魚は、もう絶対に、逃げられません。俺たちは漁船を使って海に潜り、定置網の、最後のところを切ってしまうのです。自分たちの作った網をかぶせて、定置網に集まった魚を、根こそぎ捕えてしまうんですよ。作業は、海に潜って、やっているので、誰も気がつきませんし、定置網の魚を盗むなんて、誰も考えませんからね。捕まる心配など、まったく、しませんでしたよ。ただ、困ったことに、それほど値段の高い魚が集まっていなかったことですね。これには参りましたよ」

9

すべてが、終わったのは、一カ月余り経ってからである。

連続して起こった殺人事件は、すべて解決されたが、二つの問題だけが、残ってしまった。いや、忘れてしまった。

ひとつは、銚子電鉄の電車のなかで、盗難に遭った岡本亜紀のカメラが、これは、結局、出てこなかった。

盗んだのは、本橋哲平を殺した犯人、K組の幹部だった、小野寺一郎だが、奪った後、昔のカメラなら、なかのフィルムだけ奪って、カメラ本体を、返してやってもよかったのだが、何しろ、デジタルカメラなので、どうしたら、撮られた画像が、消えるのかがわからない。

それで、海の底に沈めてしまったと、小野寺が自供した。

もうひとつは、亀井刑事のGPS機能付きの携帯電話である。

この携帯電話は、運がよく、亀井刑事が投げた時「へいあんまる」の甲板に備えつけてあった救命ボートのひとつに、入ってしまい、犯人たちも、気がつかなかったのである。だから、今は、亀井のポケットに入っている。

解説

縄田一男

〝東京スカイツリーの高さが六三四メートルだから、六三五冊まで書こうと思う〟と、昨二〇一七年、初の自伝的エッセイ『十五歳の戦争』（集英社新書）で宣言した西村京太郎は、今年も快調なペースで新作を刊行している。

その中の一冊『広島電鉄殺人事件』（新潮社）は、原爆投下の三日後、昭和二十年八月九日、焼け野原となった広島市内を走り、生き残った市民を勇気づけた伝説の路面電車、広島電鉄をめぐる怪事件を、十津川警部らが追うというストーリーである。

物語の発端は、広島電鉄の若い運転士・高橋雄介が、制限速度四十キロと定められている区間を二十キロもオーバーして運転、一ヶ月の停職となったことによる。ところが、この運転士が、なぜかその後、二人組の暴漢に襲われたというのだから、ことは穏やかではない。

折しも、東京から、「月刊鉄道新時代」の編集長・宮本彰と、女性カメラマン・籾山里奈の二人が広島電鉄の取材に訪れており、里奈が高橋と高校時代の同級生であったことから、彼の病室を訪ねることになる。

ところが、取材を終えて東京に帰るや、今度は里奈が襲われ、三鷹の病院へ入院することに。二つの襲撃事件の接点は一体どこにあるのか？

二つの殺人未遂事件をめぐって、広島県警と合同で捜査に当たることになった十津川警部は、やがて、七年前、高橋雄介が、高校最後の夏休みにアルバイトをしていた長野県は渋《しぶ》温泉で、花火大会の夜に起こった殺人事件の存在を知る――。

しかも、その事件には、現在、ゆくゆくは総裁候補といわれている大物政治家が深くかかわっていたのである。

高橋雄介が思わず、路面電車のスピードをオーバーさせてしまったのは、その事件の関係者を偶然、広島で見てしまった驚きからだった。

ここで、是非《ぜひ》、『広島電鉄殺人事件』を読もうと思っている方は、この解説をしばらく先まで読み飛ばしていただきたいのだが、それというのも、少々、この作品の核心に触れなければならないからなのだ。

というのは、私が十津川警部シリーズの最大の魅力としてとらえているのは、彼の決して揺らぐことのない正義感なのである。従ってこの作品で、犯人側の人物が、ある人物のことを「日本に必要な方なんです」と何度も繰り返そうが、そんなことは十津川にとってはただの世迷《よま》い言にしかすぎない。いかなる地位にあろうが、人殺しはどこまでいっても人殺し――これは西村京太郎が作家生活の初期において、『四つの終止符』『天使の傷痕』『殺人者はオーロラを見た』等、硬派の社会派ミステリーの書き手であったことと無縁ではないだろう。

そしてそれは、本書『銚子電鉄六・四キロの追跡』でも変わらない。本書は、二〇一〇年、双葉ノベルスから刊行された作品だが、作者は風光明媚《めいび》な犬吠埼や美しい銚子の海と人間の汚れた欲望を見事なまでに対照的にとらえている。

たとえば、第四章「黒い影」における、いわば、月刊誌「T&R（旅と鉄道）」編集部の井畑徹とカメラマン岡本亜紀の願いを受けて、事件にかかわりを持った〝スナップの名人〟千頭明と十津川警部の会話にも、それは如実に示されているといっていいだろう。

千頭はいう。

「しかし、今度は、千葉県警の、刑事さんまで殺されてしまったんでしょう？　あんな可愛らしい、オモチャのような鉄道を巡って、どうして、殺人事件が、連続するのか、わかりませんね」

「別に、あの銚子電鉄のせいで、殺人事件が起きているわけではありません。おそらく、銚子電鉄、いや、銚子の周辺で、何か企んでいる人間がいて、それに便乗して金儲けを企んでいる人間がいて、そうした人間たちのせいで、殺人事件が起きていると考えているんですが」

（中略）

「私は、あの日と、その翌日、カメラを持って、銚子の周辺を、歩き回ってみたのですがね、海はきれいだし、人は親切だし、殺人事件が起きそうな匂いは、どこにも、ありませんでしたよ」

「私も、銚子にいっていますから、どんなに、素晴らしいところかは、よく知っています。しかし、人間は、平気で、そんな美しい景色や人情を、金儲けと殺人で、汚していしまうんですよ」（以上、傍点、引用者）

このやりとりの中には、確固たる十津川の正義感や怒りが込められていよう。だが、ここを繰り返し読むと、何やら彼の心の中にくすぶる諦観《ていかん》のようなものが見えてこないか？

では、それが諦観であるとするならば、それは一体、どこから来るのであろうか。今回の事件の犠牲者たちのことを考えてみるがいい。

犬吠埼の断崖《だんがい》の下で死体となって発見された東京の私立探偵・本橋哲平。帝国ホテルで死体となって発見された消費者金融マイホームの支店長・野崎康幸。彼らは、うまい儲け話があると聞いて、それに簡単にのり、それぞれ、一千万円を用意して、まるではじめから、この世にいなかったかのように、いとも簡単に殺されてしまったではないか。

犯人連中は確かに度しがたい連中であり、十津川警部も怒りの矛先《ほこさき》を向けるのにやぶさかではなかっただろう。

しかし、殺された連中は――。

彼らは、確かに欲望に負けた者たちである。が、その最期の何と哀れなことか。

人間をはかるのに、性善説と性悪説があるのは、どなたも御存知だろう。だが二人にはそのどちらも当てはまらない。

強いていえば性弱説ではないのか。

弱さ故に欲望の徒となり、殺されていく者たち。

そう考えると、十津川が事件に対して抱く諦観は、この性弱説にあるように思われるのだが、いかがであろうか。

十津川警部シリーズが人気を失わない理由は、案外、このあたりにあるのかもしれない。

六三五冊まで——。

まだまだ、当分は楽しめそうだ。

二〇一八年三月

この作品は２０１０年4月双葉社より刊行されました。
なお、本作品はフィクションであり実在の個人・団体などとは一切関係がありません。

徳間文庫

銚子《ちょうし》電鉄《でんてつ》六・四キロの追跡《ついせき》

2018年4月15日 初刷

著者 西《にし》村《むら》京《きょう》太《た》郎《ろう》
発行者 平野健一
発行所 株式会社 徳間書店
東京都品川区上大崎三―一―一
目黒セントラルスクエア 〒141―8202
電話 編集〇三(五四〇三)四三四九
販売〇四八(四五一)五九六〇
振替 〇〇一四〇―〇―四四三九二
印刷
製本 株式会社廣済堂

ISBN978-4-19-894345-5 (乱丁、落丁本はお取りかえいたします)

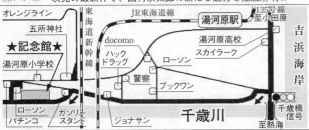